Virkamies Hanna

Kaarina A Saari, Virkamies Hanna

Kustantaja Books on Demand GmbH, Helsinki, Suomi

2016 Kaarina A Saari

Valmistaja: Books on Demand GmbH, Norderstedt
Kustantaja: BoD – Books on Demand, Helsinki,
Suomi

ISBN: 978-952-330-071-2

Uran alku

Oli lämmin kesäkuinen aamu 70-luvun alkupuolella, kun Hanna vastavalmistuneena yomerkonomina aloitti työt läheisen kaupungin Rahatoimistossa. Hän oli saanut kesälomasijaisuuden kirjanpito-osastolta ja oli mielestään hyvin onnekas. Kauppaoppilaitoksen laskentatoimenopettaja oli kutsunut hänet maaliskuussa luokseen ja kysynyt kiinnostaisiko Hannaa kesätyö kaupungin Rahatoimistossa. Ilman muuta työ kiinnosti ja vaikka Hannalla ei ollut aavistustakaan mikä on Rahatoimisto, hän ilmaisi heti halukkuutensa käydä työhaastattelussa, jonka opettaja oli sopinut Rahatoimiston johtajan, kamreerin, kanssa huhtikuun alkupäiviksi. Ei Hannalla mitään huolta työn saamisen suhteen ollut koskaan ollut, hän oli ollut varma, että valmistuttuaan saisi jostain paikan. Siihen aikaan asiat olivat niin. Ei hän tosin ollut osannut kuvitella, että työn saanti olisi näin helppoa.

Hanna mietti mielessään mitä Rahatoimistossa mahdetaan tehdä, onko sillä mahdollisesti jotain

tekemistä valtion Rahapajan kanssa, se jäisi näh-
täväksi, mutta nimitystä Rahatoimisto Hanna ei
ollut koskaan kuullutkaan. Nimitys kuulosti ko-
vasti hienolta ja kunnioitusta herättävältä.

Viimein koitti päivä jolloin haastattelussa piti
käväistä ja ihmetyksekseen Hanna huomasi, että
hienolta kuulostava nimi Rahatoimisto olikin
vain kunnanviraston talousosasto. Kotipaikka-
kunnalla ei kunnan taloustoimistosta käytetty
noin hienoa nimitystä, mutta ehkä se kaupun-
geissa kuului asiaan. Kaupunkilaiset kun ovat
mielestään aina olleet vähän hienompia kuin
maalaiset. Sen Hanna oli saanut huomata jo
kauppaoppilaitoksessa, jossa luokkatoverit kat-
soivat vähän hitaasti maalta kouluun tulevia,
olkoonkin että suurin osa heistä oli itse maalta
kotoisin. Olivat vain hankkineet asunnon koulu-
ajaksi kaupungista ja heti oli hienous heihin tart-
tunut.

Rahatoimistossa työskenteli runsas kymmenen
naista, joiden Hanna ajatteli lähes kaikkien ole-
van eläkeiän kynnyksellä, sen verran vanhoilta he
hänen mielestään näyttivät. Myöhemmin hän

huomasi olleensa aika pahasti väärässä, sillä nämä eläkeiän kynnyksellä olevat virkanaiset jatkoivat työelämässä vielä lähes kaksikymmentä vuotta. Rahatoimiston esimies ei ollut enää sama, joka häntä oli haastatellut, sillä hän oli jäänyt tällä välin eläkkeelle. Nyt kamreerina oli sutjakka 40-vuotias ekonomi mies.

Rahatoimistossa oli kolme osastoa: kirjanpito, kassa ja palkkaosasto. Kirjanpito-osastolla, jossa Hannan oli määrä aloittaa työnsä, oli pääkirjanpitäjä Eeva ja kaksi muuta kirjanpitäjää, Leena ja Sinikka. Eeva ja Leena istuivat samassa huoneessa ja Hanna sijoitettiin Sinikan ja juuri hankitun uuden tietokoneen kanssa samaan huoneeseen. Tietokone oli kooltaan valtava, se täytti isosta huoneesta lähes puolet ja malliltaan kone oli magneettikorttitietokone. Hannan tehtäväksi oli ajateltu antaa kirjaaminen uudella tietokoneella, sillä kaupungin edellisen vuoden tilinpäätös oli juuri valmistunut eikä uuden vuoden tietoja ollut vielä aloitettu tallentamaan ja vuodesta oli kulunut jo yli viisi kuukautta.

Työhönsä Hanna perehtyi tarmokkaasti ja tieto-
koneen toimittajalta saamansa ohjeen mukaan
ensimmäiseksi piti valita eriväriset magneettikor-
tit eri tileille, joita olivat meno-, tulo-, ja tasetilit.
Väri kuin väri Hanna ajatteli ja teki valinnan siitä
ketään tarkemmin informoimatta ja avasi tilejä
hiki hatussa, mutta ei olisi kannattanut olla niin
oma-aloitteinen. Pääkirjanpitäjä Eeva oli hyvin
tuohtunut kuultuaan, että Hanna ei ollut tullut
kysymään hänen mielipidettään ja työ oli jo niin
pitkällä, että asialle ei ollut enää mitään tehtävis-
sä. Hannan mielestä asia oli todella vähäpätöi-
nen ja uskalsi sanoa jopa ääneen, että mitä väliä
sen on minkä värinen raita eri tilien korteilla on,
pääasia on että sen tietää, mutta huomasi pian,
että olisi kannattanut pitää suunsa kiinni. Pääkir-
janpitäjä oli loukkaantunut kun hänet oli sivuu-
tettu noin tärkeää asiaa päätettäessä. Tilit tuli
avattua ja Hanna aloitti kaupungin menojen ja
tulojen tallentamisen magneettikorteille.

Työnjako Sinikan kanssa oli sellainen, että aina-
kin näin aluksi Hanna vain tallensi tietoja ja Si-
nikka tarkasti ne ennen tallentamista. Kuntien
taloutta seurattiin 1990 luvun loppupuolelle asti

ns. kameraalisella kirjanpidolla, joka poikkesi merkittävästi siitä mitä kauppaopistossa oli opetettu. Siksi katsottiin parhaaksi, että Hanna ei sekaantuisi kesäapulaisena muuta kuin tietojen tallentamiseen, se oli riittävän yksipuolinen työ kesälomasijaiselle. Kameraalisesta kirjanpidosta Hanna ei todellakaan tiennyt mitään, mutta perehtyi kuitenkin siihen vaivihkaa, utelias kun oli mieleltään ja suunnitteli tekeytyvänsä niin tärkeäksi, että kesälomasijaisuuden loputtua voisi pyytää saada jäädä Rahatoimistoon.

Rahatoimiston kassa-osastolla hoidettiin koko kaupungin rahaliikenne. Siellä maksettiin laskut, jotka toimittajat olivat ensin lähettäneet kaupungin laitoksiin ja joista ne lähetettiin kassaan maksettavaksi. Kassan virkailija tarkasti ensin, että niihin oli hallintokunnissa laitettu asianmukaiset leimat, leimaan oikeat tiedot ja kirjanpidon tilinumero, jolle lasku kirjattiin. Sen jälkeen vahtimestari kävi maksamassa laskut pankeissa ja toi ne maksukuittauksella varustettuna kassaan, jossa ne kirjattiin kassakirjaan yksitellen. Tämän jälkeen kassa aloitti kassakirjan tietojen täsmäyttämisen pankkien tiliotteisiin. Puuha oli todella aikaa vievää ja harva se päivä tultiin siihen lopputulokseen, että ei täsmää ja niin kassan virkailijat istuivat töissä joskus iltamyöhään tilejä täsmäyttäen. Erehtyminen on inhimillistä, sillä kun käsin piti kirjata muutama sata laskua kassakirjaan, niin ei ole ihme jos sinne tuli virhe eikä heittoa saanut olla penniäkään.

Eräänä iltana kassan väki oli joutunut luovuttamaan ja lähtemään kotiin, he eivät olleet löytäneet mistään monen tuhannen markan heittoa. Helpotus oli suuri kun paikallinen kauppias seuraavana aamuna soitti ja tiedusteli puuttuiko kaupungilta mahdollisesti jotain tositteita. Vahtimestari oli edellisenä päivänä pankeissa käydessään käynyt ruokaostoksilla kaupan lihatiskillä ja unohtanut yhden kirjekuoren sinne, kauppias oli sen illalla huomannut. Niin ratkesi kassan ongelma ja kaikki olivat tyytyväisiä. Vahtimestarille asiasta ei sanottu mitään, hän oli jo lähellä eläkeikää oleva vanhahko mies eikä hänen mieltään haluttu pahoittaa. Olipa onni ettei minua laitettu kassaan töihin oli Hannan mielipide heidän tekemisiä seuratessaan. Työ näytti hänen mielestään vähän ikävältä. Ääneen sitä ei tietenkään uskaltanut sanoa.

Kassasta maksetut laskut siirtyivät kirjanpito-osastolle, jossa Sinikka ne vielä kerran tarkasti, sillä tilintarkastajien takia piti kaikki vaaditut leimat olla lyötynä ja leimoista rastitettuna kaikki tarvittavat kohdat. Tärkeintä itse asiassa oli se, että kaikki leimat ja leimojen rastit olivat oikeilla paikoillaan, kukaan tuskin kiinnitti huomiota siihen mitä oli hankittu. Hannan annettiin loppukesästä osallistua myös laskujen tarkastustyöhön. Hän oli ollut sen verran ahkera, että oli saanut tallennettua alkuvuoden tapahtumat korteille, eikä hänellä olisi ollut mitään tekemistä, ellei työtehtäviä olisi laajennettu. Vähän laskujen moninkertainen tarkastustyö Hannaa ihmetytti, mutta hän oli jo oppinut, että on parempi olla joskus sanomatta ajatuksiaan ääneen. Mielessään hän yhä kaavaili vakinaista paikkaa Rahatoimistosta ja oli kuullut puhuttavan, että uuden viran perustamista suunniteltiin. Ei siis kannattanut alkaa rationalisoimaan töitä. Rahatoimistossa oli lisäksi tarkka hierarkia, kesälomasijainen oli luonnollisesti vähäpätöisin kaikista eikä hänellä

saanut olla mielipidettä viraston asioista. Suuta-
rin piti todella pysyä lestissään.

Tarkastustyössä Hanna törmäsi aina joskus sii-
hen, että laskuista puuttui joko rasti tarpeellisesta
ruudusta tai joku muu vastaava puute ja niin
lasku lähetettiin takaisin hallintokuntaan saate-
kirjeellä varustettuna ja pyydettiin korjaamaan
virhe. Eräs tapaus on syöpynyt Hannan mieleen
pysyvästi, sillä kerran joku teknisen toimiston
päälliköistä oli jättänyt jonkin merkinnän pois ja
Hanna palautti laskun hänelle. Muutaman päivän
kuluttua lasku tuli takaisin, siinä oli nyt oikeat
merkinnät, mutta lisäksi tämä päällikkö oli laitta-
nut siihen omat terveisensä: "Haista v...u". Ko-
vasti mielensä pahoittaneena Hanna päätti näyt-
tää saamiaan terveisiä Rahatoimiston päällikölle,
mutta jos hän oli kuvitellut saavansa jotain sym-
patian osoituksia kamreerilta, niin siinä hän ereh-
tyi. Kamreerin mielestä asia oli niin kerrassaan
huvittava, että hän ei tahtonut saada nauruaan
loppumaan sitten millään. Hannan järkeen moi-
nen käytös ei mennyt ja mielessään hän totesi,
että ihmisiä on kahdenlaisia, kuten kotona oli
opetettu:

sydämeltään sivistyneitä ja sydämeltään vähem-
män sivistyneitä eikä koulutuksella näyttänyt
olevan asian kanssa mitään tekemistä.

Kesä alkoi pikku hiljaa lähestyä loppuaan ja tehty
sopimus kesätyöstä loppuisi elokuun lopussa.
Kamreeri oli ilmoittanut, että Rahatoimistoon oli
hyväksytty perustettavaksi toimistovirkailijan
virka ja se oli julistettu julkisesti haettavaksi.
Hannakin sitä luonnollisesti haki ja toivoi har-
taasti tulevansa valituksi, olihan hän koko kesän
tehnyt töitä kuin viimeistä päivää ja yrittänyt
näyttää mihin pystyi. Välillä työnteko oli ollut
todella tuskallista, sillä työhuone sijaitsi talon
aurinkoisella puolella ja lämpötila nousi usein yli
30 asteen, sillä auringon lisäksi tietokone tuotti
lämpöä. Viilennystä kuumuuteen ei ollut saata-
villa.

Hannan valintaan virkaan oli kuitenkin ilmaan-
tunut yksi vakava "mutta", hän ei ollut kaupun-
gissa kirjoilla vaan asui läheisessä naapurikun-
nassa ja maksoi sinne veronsa ja hakijoiden jou-
kossa oli ollut paljon oman kunnan hakijoita,
joiden verorahat olisivat tulleet omaan kuntaan.

Eläkkeelle jäänyttä kamreeria moitittiin siitä, että hän oli viimeisinä töinään palkannut Rahatoimistoon vieraspaikkakuntalaisen kesätyöntekijän. Hannalta tiedusteltiin olisiko hän valmis muuttamaan pysyvästi kaupunkiin asumaan. Esitettyyn kysymykseen hänen oli kuitenkin vastattava "ehdottomasti ei". Hän oli nimittäin naimisissa maanviljelijän kanssa eikä siitä mitään tulisi jos maanviljelijä asusi kaupungissa, se olisi täysin mahdoton yhtälö. Loppujen lopuksi Hanna kuitenkin virkaan valittiin sillä perusteella, että hän oli jo kesän ajan tehnyt töitä Rahatoimistossa. Hänen annettiin kuitenkin ymmärtää, että paikka olisi kuulunut jollekin oman kaupungin hakijalle ja olisi ehkä ollut parempi jos Hanna ei olisi lainkaan hakenut kyseistä virkaa. Maanviljelijän vaimona hänellä oli taattu toimeentulo ja sivulauseista kävi ilmi, että he kuvittelivat Hannan miehen kylpevän rahoissa kun hän ensinnäkin sai kaiken maailman tuet valtiolta, sen lisäksi maatalouden tulot ja hänen oli kuultu vielä käyvän töissä ulkopuolisella. Itse Hanna oli rikkauksistaan autuaan tietämätön ja oli kiitollinen saamastaan vakinaisesta virasta. Palkka toisi helpotusta perheen arkeen ja asunto- ym. laino-

jen maksuun, joita oman talon rakentamiseen ja
maatalouden koneiden hankkimiseen oli jouduttu
ottamaan. Hannan kuukausipalkka vakinaisesta
virasta oli tuohon aikaan kokonaista 1 034 mk
kuukaudessa, kesälomasijaisuudesta oli maksettu
100 mk vähemmän.

Ihmissuhteista

Hanna pani pian merkille, että työyhteisössä oli
tiettyjä jännitteitä. Esimerkiksi pääkirjanpitäjä
Eeva ja toinen kirjanpitäjä Leena eivät tulleet
erityisen hyvin toimeen keskenään. Syykin selvisi
melko pian. Eevalla oli neljä aikuisikään ehtinyttä
lasta, jotka pitivät itsestään selvyytenä, että
äidin tehtäviin kuului auttaa taloudellisesti lapsi-
aan vaikka he olivat jo muuttaneet pois kotoa.
Säännöllisesti he joko ilmestyivät Rahatoimis-
toon rahaa kinuamaan tai soittivat äidilleen ja
pyysivät rahaa. Leena oli lapseton ja hänen ja
miehensä periaatteisiin kuului, että mitään ei
osteta velaksi vaan kaikkiin hankintoihin on en-
sin säästettävä. Ihan kiitettävästi he olivatkin
säästäneet, oli oma asunto arvostetulla alueella,
kesämökki ja muuta maallista mammonaa. Kos-

kaan Leena ei suoranaisesti mässäillyt omaisuu-
dellaan tai vakavaraisuudellaan, mutta tarpeen
tullen osoitti vähintäänkin sivulauseessa, että
huonosti heillä ei mene. Eevaa ärsytti Leenan
esimiehenä, että alainen, jolla on pienempi palk-
ka, tulee taloudellisesti paremmin toimeen kuin
hän. Leena ja miehensä olivat myös kovia mat-
kustamaan. 70-luvun puolivälissä ei vielä ollut
kovin yleistä että käytiin säännöllisesti ulkomailla
lomalla. Erään kerran, kun Leena oli lähdössä
Teneriffalle joskus marraskuussa, hänen matkan-
sa aiheutti kateutta Eevassa, joka ei koskaan ollut
käynyt Ruotsia kauempana. Noin viikkoa ennen
matkaa Eeva kylmän viileästi ilmoitti, että Leena
ei mitenkään voi pitää viikon lomaansa halua-
manaan ajankohtana. Varmemmaksi vakuudeksi
hän oli puhunut asiasta myös kamreerin kanssa
ja perustellut miksi loman pitäminen juuri sillä
viikolla oli hänen mielestään mahdotonta. Mitä
nämä perustelut olivat, sitä Hanna ei muista,
mutta muistaa ajatelleensa, että ne olivat täysin
tuulesta temmattuja. Joka tapauksessa Eeva oli
saanut kamreerin vakuuttuneeksi asiasta ja yh-
dessä he ottivat Leenan puhutteluun ja ilmoitti-
vat että loma perutaan. Leena otti asian luonnol-

lisesti hyvin raskaasti, olihan hän jo varhain syksyllä ilmoittanut pitävänsä lomansa kyseisenä ajankohtana, saanut siihen luvan ja varannut sekä maksanut matkan, ja nyt viikkoa ennen lähtöä hänelle ilmoitettiin että se ei onnistu. Hanna lohdutti Leenaa ja sanoi, että tämä nyt on vain Eevan temppuja osoittaa ylemmyytensä ja kielsi häntä peruuttamasta matkaansa. Lopulta asia ratkesi kuten Hanna oli arvellut. Loma myönnettiin ja Leena pääsi matkalleen. Eeva ilmoitti Leenalle parin päivän kuluttua, että sen kun menet, mutta jatkossa tulisi tarkemmin valita loman ajankohta.

Leena

Leena oli persoonaltaan sen verran mieleenpainuva henkilö, että hän ansaitsee oman lukunsa. Vielä parikymmentä vuotta Leenan jäätyä eläkkeelle hänen tekemisiään muisteltiin kahvitauoilla.

Leenan tehtäviin kuului aravalainojen ja kaupungin lainojen hoito. Aravalainat olivat 70-vulla hyvin suosittuja, se oli pienituloisille lähes ainoa mahdollisuus oman asunnon hankintaan. Vuosittain valtio myönsi hakemuksesta aravalainan sen ehdot täyttäville ja kaupungin tehtävänä oli hoitaa lainojen korkojen ja lyhennysten periminen ja välittää ne valtiolle. Kaupunki joutui tilittämään aina koko vaaditun summan vaikka joku ei olisi lainaansa hoitanutkaan, saatavien perintä jäi siten kaupungin ja velallisen väliseksi asiaksi. Leena ja Hanna istuivat 70-luvun loppupuolella samassa työhuoneessa, jossa oli myös neljä muuta henkilöä. Mikäli Leenan asiakkailla oli jotain asiaa lainaansa koskien, tulivat he työhuoneeseen asiansa esittämään. Eräs mieshenkilö esimerkiksi tuli hyvin arkana pyytämään maksuaikaa lainanlyhennykselleen. Hänellä oli maksuvaikeuksia, kun vaimo oli sairastanut jo pidemmän aikaa ja lapset olivat jo siinä iässä että tarvitsivat kaikenlaista tavaraa. Leena kuunteli miehen puhetta ja tämän lopetettua ilmoitti ykskantaan, että asiaa olisi pitänyt ajatella silloin kun velkaa teki, pystyykö sitä maksamaan vai ei. Maksuaikaa ei näin ollen myönnetty. Toinen aravalainoja koskeva juttu jäi Hannan mieleen, se koski palovakuutuksia. Aravalainalla lainoitetuissa taloissa tuli olla palovakuutus ja vakuutusyhtiöt olivat velvollisia ilmoittamaan kunnille jos vakuutusmaksu oli laiminlyöty. Kerran vakuutusyhtiöltä tuli ilmoitus, jossa ilmoitettiin erään henkilön jättäneen maksunsa maksamatta. Tämä henkilö sattui olemaan Leenan miehen entinen työkaveri. Huomasi heti, että tämä oli Leenalle hyvin herkullinen hetki, hän ilmiselvästi nautti tilanteesta. Ei aikaakaan kun hän etsi puhelinluettelosta kyseisen miehen puhelinnumeron ja soitti hänelle. Puhelu alkoi sanoin: "Leena täällä hei, meneekös teillä vähän huonosti." Asiakkaiden kohtelua tämän päivän näkökulmasta ajatellen voisi kuvitella, että moinen kohtelu veisi virkamiehen nyt raastupaan.

Leena oli luonteeltaan erittäin säästäväinen ja hyvin tarkka rahankäytössä. Useimpina päivinä hänen työpäivänsä päättyi kukkarossa olevien rahojen laskemiseen ja ne piti saada täsmäämään pennilleen. Eräänä päivänä kukkarosta puuttui markka. Leena oli aamulla töihin tullessaan ostanut kaikille aamukahville pullat ja jokainen maksoi hänelle oman pullansa. Markan puuttuessa hän epäili tietysti ensimmäisenä, että joku pullan

ostajista oli jättänyt osan maksamatta, mutta kun
kaikki tietenkin vakuuttivat maksaneensa tar-
peeksi, oli hänen uskottava. Kotimatkallaan
Leena oli kertomansa mukaan käynyt leipomon
myymälässä kysymässä myyjältä mahtoiko hänen
kassassaan olla markka liikaa tai olisiko markka
ehkä pudonnut lattialle tai myyjän esiliinan tas-
kuun. Markan mysteeri jäi kuitenkin ikuisesti
ratkaisematta. Toinen nuukuuden osoitus oli
kun Leena miehensä kanssa lähti ulkomaille; hän
kertoi kuinka jääkaappiin olisi jäänyt puoli litraa
maitoa, joka kahden viikon matkan aikana olisi
luonnollisesti mennyt pilalle. Niinpä hän oli ot-
tanut vajaan tölkin mukaansa ja lisäksi muutkin
tarvikkeet, joita ei voinut pakastaa ja näin hän oli
ensimmäisen lomapäivän iltana paistanut itsel-
leen ja miehelleen ohukaiset. He asuivat aina
huoneistohotellissa ja keittivät itse ruokansa,
näin säästyi monta markkaa.

70-luvun lopulla Leena miehensä kanssa päätti
ostaa uuden auton, edellinen oli ehtinyt jo lähes
20 vuoden ikään ja kilometrejäkin oli kertynyt
lähes satatuhatta. Auton merkkiä ei haluttu
muuttaa, Volvo oli todettu hyväksi ja kestäväksi

merkiksi. Auton ostopäivänä Leena työpöytänsä ääressä suunnitteli kuinka paljon rahaa miltäkin pankkitililtä nostettaisiin, säästöt oli hajautettu ilmeisesti pankkien konkurssin pelossa. Hanna ja muut työkaverit tietysti ihmettelivät miten jollakin voi olla niin paljon rahaa säästössä kun Leena ääneen suunnitteli rahojen nostoa ja kertoi kuinka paljon pankkitilille jäisi noston jälkeen. Lopuksi hän sitten pääsi itseään tyydyttävään tulokseen ja lähti nostamaan rahoja. Koko työpäivä siinä taisi mennä, mutta olihan kyseessä hänelle äärimmäisen tärkeä asia.

Leenan anoppi sairasti diabetesta, ja häneltä jouduttiin vanhemmalla iällä amputoimaan jalka, jonka tilalle valmistettiin jalkaproteesi, joka Leenan mielestä oli kohtuuttoman kallis kun anoppi ei sitä edes suostunut käyttämään. Jalkaproteesin valmistumisen jälkeen anoppi ei kauan elänyt ja niin jalkaproteesin hankinta osoittautui turhaksi. Se oli asia joka todella harmitti Leenaa. Muutama päivä hautajaisten jälkeen Leena vietti melkein kokonaisen työpäivän soitellen ympäri maata eri laitoksiin kaupaten lähes uutta ja käyttämätöntä jalkaproteesia, mutta kuten jokainen ymmärtää eihän sitä kukaan suostunut ostamaan. Leenan ei auttanut muu kuin tyytyä siihen, että kallis jalkaproteesi oli hankittu aivan turhaan ja siihen uhratut rahat jäivät ikuisesti puuttumaan pankkitililtä.

Kunnan toiminnasta

Pääkirjanpitäjän tehtäviin kuului tilinpäätöksen ja talousarvion teko yhdessä kamreerin kanssa. Koska kamreeri oli virassaan ensimmäistä vuotta, oli Eeva hänelle luonnollisesti hyvin tärkeä henkilö hänen perehtyessään kunnalliseen taloudenhoitoon. Kunnallista taloudenhoitoa eivät sitoneet samat lait, asetukset ja säännöt kuin yksityistä yritystä ja kameraalinen taloudenhoito poikkesi huomattavasti liikkeenhoidosta, jota kauppakorkeakouluissa opetetaan. Olihan se hyvin outoa, että esimerkiksi velkaa ottamalla pystyttiin tasaamaan talousarviovuoden tulos halutulle tasolle. Ennen tilinpäätöksen vahvistamista olikin tapana pitää kokouksia siitä, millainen tilinpäätös halutaan. Kaupunkiliitto ja kuntaliitto antoivat ohjeita taloudenhoidosta, ohjeet olivat hyvin väljiä ja niitä sovellettiin siten kuin kunnanhallitus ja valtuusto kamreerin esityksestä päättivät. Useimmiten kamreerin esitykset hyväksyttiin nuijaa kopauttamalla, mutta varsinkin talousarvion vahvistamisen aikoihin syksyllä kunnanvaltuuston jäsenet saattoivat tehdä hyvin poikkeavia esityksiä talousarvioon, ainakin niinä vuosina kun kunnallisvaalit olivat tulossa. He halusivat näyttää kuntalaisille millainen vaikutusvalta heillä on ja miten he pystyvät vaikuttamaan oman kuntansa asioihin. Etenkin urheiluväki voi olla äärimmäisen tyytyväinen osaansa, sillä valtuutetut ja luottamusmiehet ovat ääniä kosiskellessaan pitäneet kymmeniä vuosia huolta siitä, että kaupungin urheiluharrastustarjonta on ollut monipuolista ja riittävää.

Hanna ensimmäinen virhe

Talousarvioneuvotteluja käytäessä kirjanpito-osaston tehtäviin kuului keittää päättäjille, virkamiehille ja luottamushenkilöille kahvia ja tehdä voileipiä ym. syötävää joskus yömyöhään kestäviin talousarviokokouksiin. Näitä talousarviokokouksia saattoi olla monta viikossa muutaman viikon ajan. Oli kovin tärkeää pohtia asioita monelta kantilta ennen kuin talousarvio lyötiin lukkoon ja myönnetyistä määrärahoista päätettiin. Vapaa-aikakin kului mukavasti vastuullisista asioista päätettäessä eikä tarvinnut viettää tyhjänpäiväistä aikaa kotona perheen kanssa. Kaiken lisäksi kokouspalkkiot tipahtelivat tileille ja jos kokous kesti riittävän kauan, niin siitä sai erityisen lisäkorvauksen. Näihin kokouksiin oli myös tapana hankkia olutta palan painikkeeksi. Jostain syystä olutta ei voinut tilata suoraan virastotalolle, vaan se oli haettava paikallisesta Alkosta. Tämä luottamustehtävä annettiin Hannalle ja hän kantoi viikoittain niska vääränä A-olutta kokouksiin. Aina kaikki oluet olivat tehneet kauppansa ja pian oli taas edessä uusi reissu Alkoon. Hannalla ei ollut mitään käsitystä olutmerkeistä eikä hän ollut saanut mitään ohjeita sen ostamiseen, joten hän osti sitä mitä olin nähnyt miehensä joskus juovan. Vaikutti siltä, että valinta oli ollut oikea koska aina seuraavana päivänä kokoushuoneessa oli pelkkiä tyhjiä olutpulloja.

Sitten eräänä aamuna kamreeri ja pääkirjanpitäjä ilmestyivät Hannan työhuoneeseen. Kamreerilla oli kädessään tyhjä olutpullo. Hän nosti pullon ilmaan Hannan silmien edessä ja kysyi hyvin vihaisella äänellä: "Mikä tämä on?" Hanna vastasi ykskantaan, että näyttää olevan tyhjä olutpullo. Mieleen hiipi ajatus, että oliko hän tehnyt virheen ostaessaan A-olutta, mutta totesi mielessään, että keskiolutta olisi saanut ruokakaupastakin, joten kyse ei voinut olla siitä. Hänen oli nimenomaan käsketty hakea olutta Alkosta. Lopulta kamreeri kertoi asian vakavuuden ja kysyi mitenkä Hanna oli voinut tehdä sellaisen virheen, että oli ostanut valitsemaansa olutmerkkiä vaikka kaupungissa oli panimo, joka valmisti toisen merkkistä olutta. Edellisenä iltana joku valtuutetuista oli kauhukseen huomannut juovansa vääränmerkkistä olutta ja oli ottanut kamreerin puhutteluun asiasta. Veromarkat valuivat väärään kaupunkiin kun heille juotettiin toisessa kaupungissa valmistettua olutta. Hanna yritti puolustella valintaansa ja sanoi ostaneensa koko syksyn jokaiseen kokoukseen samanmerkkistä olutta ja ihmetteli mitenkä he vasta nyt huomasivat juoneensa väärää merkkiä. Puolustelut olivat turhaa, hän oli tehnyt suuren ja anteeksiantamattoman virheen eikä viisastelusta ollut mitään hyötyä. Kamreeri ilmoitti, että tästä saattaa tulla suuremman luokan juttu, joka voi johtaa jopa irtisanomiseen. Hän oli pyytänyt Hannan puolesta valtuutetuilta anteeksi ja jättänyt asian kokoukseen osallistuneiden päätettäväksi. Hän lupasi ilmoittaa heidän päätöksensä lähi päivänä.

Hanna oli asiasta luonnollisesti hyvin murheissaan, ei olisi ollut mukavaa tulla irtisanotuksi omasta mielestään täysin syyttömänä. Hänen mielestään olisi ollut oikeus ja kohtuus saada ohjeet siitä minkä merkkistä olutta arvon valtuutetut haluavat juoda tai vähintäänkin heidän olisi pitänyt ensimmäisen kokouksen jälkeen ilmoittaa, että heille oli tarjottu väärää olutta. Hannalle ei kuitenkaan annettu minkäänlaista mahdollisuutta puolustautua ja hänen luonteelleen oli todella vaikea pysyä hiljaa. Suurin ponnistuksin hän sai pidettyä suunsa kiinni. Lopulta kamreeri muutaman päivän kuluttua tuli ilmoittamaan, että valtuutetut olivat olleet armollisia ja antavat Hannan jatkaa virassaan. Pääkirjanpitäjä sanoi vielä jälkeenpäin, että jos hän olisi saanut päättää asiasta, niin ilman muuta Hannalle olisi annettu potkut. Hänen piti kuulemma olla erityisen kiitollinen siitä, että sai jatkaa virassaan, kiitollisuuden piti olla sitäkin suurempaa koska hän oli kaiken lisäksi vielä ulkokuntalainen.

Uusia virkamiehiä

Pikku hiljaa kaupungin tehtävien laajentuessa ja lisääntyessä tuli tarve palkata uutta henkilökuntaa. Joka vuosi talousarvioneuvotteluissa perustettiin uusia virkoja ja talousarvion valmistuttua virkapaketti julkaistiin lehdissä haettavaksi. Kukaan ei koskaan kyseenalaistanut oliko uusien virkamiesten palkkoihin varaa, virkoja vain perustettiin ja pikkuhiljaa kaupungin palveluksessa olevien lukumäärä kasvoi ja 1970-luvun lopulla heitä oli jo lähes 3000. Rahatoimistokin sai näistä viroista osansa. Varsinkin talousarvion valmisteluun koettiin tarvittavan lisää henkilökuntaa. Uudet virkamiehet jaoteltiin kahteen kastiin, valittiin joko merkonomeja tai ekonomeja, mutta kaikki olivat naisia. Ekonomit muodostivat alusta asti oman kuppikuntansa. He pitivät itseään jotenkin muiden yläpuolella olevina. Kahvia he joivat vain keskenään ja muutenkin keskinäinen kanssakäyminen muiden kanssa oli kovin vähäistä. Merkonomit saivat tuntea olevansa hieman alempaa kastia heihin verrattuna. Kamreerin avuksi lisääntyviä tehtäviä hoitamaan palkattiin apulaiskamreeri, jonka tehtävänä olivat lähinnä henkilöstöasiat ja juoksevien tehtävien johtaminen. Henkilöstöasiat siinä mielessä, että hän päätti siitä kenelle annettaisiin ylimääräinen palkankorotus ja kenelle ei, muuten henkilöstöasiat eivät Rahatoimiston johtoa silloin rasittaneet eivätkä ole rasittaneet pahemmin sen jälkeenkään. Apulaiskamreeriksi valittu henkilö osoitti heti olevansa äärimmäisen hyvin perillä kunnallistalouden hoidosta, hän oli erittäin tarkka ja tuntui siltä, että sellaista asiaa ei ollutkaan mistä hän ei olisi ollut tietoinen.

Hannan toinen virhe

Kaupungin palveluksessa olevat, tai ehkä voisi tarkentaa että Rahatoimiston palveluksessa olevat, eivät koskaan olleet tottuneet minkäänlaisiin lahjoihin. Heitä ei koskaan muistettu mitenkään. Olisi ollut sopimatonta jos työnantaja olisi lahjonut virkamiehiä veronmaksajien varoilla, näin asia virallisesti selitettiin. Puskaradion kautta rahatoimistolaiset saivat kuulla, että muissa hallintokunnissa ostettiin uimalippuja, kuntosalilippuja tai muuta mukavaa vapaa-ajantoimintaa varten, mutta rahatoimistolaisilta kaikki sellainen oli kielletty. Oli virhe jopa ottaa asia puheeksi. Rahatoimiston väki sai tyytyä yhteen ainoaan muistamiseen, se oli joulun alla saadut joulukahvit. Kamreeri oli tehnyt päätöksen, että kaupunki tarjoaa ne joulutortun kera. Näiden torttukahvien juonti piti kuitenkin ajoittaa niin, että juomisesta ei aiheutunut häiriötä työskentelylle.

Rahatoimistossa ei ollut minkäänlaista kokoontumistilaa, kokoushuonetta tai muuta sosiaalitilaa, ainoastaan kaupunginhallituksen ja valtuuston kokoustilat toisaalla virastotalon toisessa kerroksessa, mutta ne eivät olleet Rahatoimiston väen käytössä. Siispä heidän piti juoda nämä torttukahvit oman työpöytänsä ääressä. Uusien viranhaltijoiden myötä tila oli Rahatoimistossa käynyt ahtaaksi ja heitä oli siirretty istumaan tiiviimmin. Hanna oli esimerkiksi siirretty istumaan pääkirjanpitäjän ja Leenan sekä parin uuden kirjanpitäjän kanssa samaan isoon huoneeseen. Viimeisen työpäivän aamuna ennen joulua koitti sitten se kauan odotettu hetki, että kamreerin sihteeri haki leipomosta uunituoreet joulutortut ja keitti alakerran kahvihuoneessa kahvit termoskaatimiin. Torttukahvien juominen aamulla kahvihuoneessa ei tullut kysymykseen, koska virkaehtosopimuksessa oli maininta vain iltapäivän 10 minuuttisesta kahvitauosta, aamupäivällä kahvihuoneeseen meneminen ei näin ollen tullut kysymykseen. Kaikki hakivat oman torttunsa ja pahvimukillisen kahvia työpöydän ääreen ja nauttivat työnantajan tarjoamasta kiitoksesta koko vuoden ahkeroinnista. Mutta voi onneton sentään, kun kesken kahvinjuonnin eräs Leenan aravalaina-asiakas tuli huoneeseen keskustelemaan jostain epäselvyydestä lainaasioissaan. Kaikki muut olivat onnistuneet piilottamaan kahvimukinsa jonkun paperin alle ja torttunsa pöytälaatikkoon, mutta Hanna jatkoi pahaa avittamattomana niiden nauttimista. Asiakkaan poistuttua hän sai kuulla Eevalta kunniansa siitä kuinka oli käyttäytynyt erittäin sopimattomasti ja vain juonut kahvia ja syönyt torttua veronmaksajan nähden. Mitä siitäkin seuraisi, varmaan juttu paikallisessa lehdessä. Hanna saisi kuulemma hävetä käytöstään. Luonnollisestikaan

Hanna ei hävennyt, hän yritti keventää tilannetta murjaisemalla jonkinlaisen vitsin asiasta, mutta oli silti tyytyväinen kun ei tällä kertaa potkuilla uhattu.

Muutoksia työtapoihin

Kirjanpito-ohjelma koettiin melko pian aikansa eläneeksi, se oli hidas ja kasvava kaupungin organisaatio aiheutti sen, että laskuja tulvi vuosi vuodelta enemmän ja enemmän ja niin tuli ajankohtaiseksi hankkia uusi kirjanpitojärjestelmä. Rahatoimistossa siirryttiin nyt käyttämään uutta ohjelmaa, joka oli ensimmäinen pieni askel nykyaikaisten tietokoneiden maailmaan. Kovin moderni järjestelmä sekään ei ollut, mutta sen verran edellistä parempi, että tiedot syötettiin korttien sijasta jonkinlaiseen tietokoneen muistiin. Tallennuspäätteitä oli 2 kappaletta ja kirjanpitäjiä ja apulaiskirjanpitäjiä yhteensä neljä. Jokainen istui vuorollaan puoli päivää koneen ääressä, toisen puoli päivää tarkastettiin että tallennettavat laskut olivat asianmukaisesti hyväksyttyjä ja että niissä oli oikeat merkinnät. Tallennustyö ja päätteellä istuminen koettiin sen verran

raskaaksi ja tuki- ja liikuntaelimiä rasittavaksi
työksi, että työterveyden suosituksesta oli tultu
siihen tulokseen, että puoli päivää päätteellä is-
tumista oli sopiva määrä.

Tietokoneen muistista tiedot lähetettiin kerran
kuukaudessa ohjelman toimittajalle tulostettavik-
si ja pankkipostiauto toimitti raportit Rahatoi-
mistoon, jossa raportit leikeltiin ja niputettiin
hallintokunnittain kirjekuoriin ja lähetettiin hal-
lintokuntien talousvastaaville. Raportit eivät
olleet kovin ajankohtaisia, mutta sen verran edis-
tyksellisempiä edelliseen järjestelmään verrattuna
ne olivat, että nyt raporteilla oli näkyvissä kuu-
kausittaiset tapahtumat ja sen lisäksi hallintokun-
takohtainen yhteenveto määrärahoista. Ei näistä
raporteista erityisen kiinnostuneita oltu, ne toi-
mitettiin hallintokuntiin vain tiedoksi. Hallinto-
kunnissa ostettiin mitä tarvittiin, eivät päälliköt
kovin kiinnostuneita raha-asioista olleet.

Rahatoimiston nimi päätettiin jossain vaiheessa
muuttaa talousvirastoksi, mutta se ei mitenkään
vaikuttanut siellä työskentelevien tehtäviin.
Kamreerista tuli talousjohtaja ja apulaiskamree-

rista kamreeri. Kaikki kaupungin laskut kirjattiin edelleenkin talousvirastossa sen jälkeen kun ne oli maksettu ja kaikkien kaupungilla töissä olevien palkat maksettiin keskitetysti talousvirastosta. Sen verran hajautettua palkanlaskenta kuitenkin jo oli, että hallintokuntiin oli perustettu palkanlaskijan virkoja, heitä oli muutama kaikkein suurimmissa hallintokunnissa.

Kirjanpitäjien määrää oli myös pakko lisätä, heitä oli 1980-luvun alkupuolella jo viisi. Osa oli kirjanpitäjän nimikkeellä ja osa apulaiskirjanpitäjiä. Ei heidän töissään mitään eroa ollut, mutta apulaiskirjanpitäjille ei tietenkään tarvinnut maksaa yhtä suurta palkkaa kuin kirjanpitäjälle, jos nyt joku voi kirjanpitäjän palkan suureksi kuvitella. Hannasta oli tullut kirjanpitäjä, mutta työ oli melko yksitoikkoista kirjaamista ja kassalehtien täsmäyttämistä. Ehkä apulaiskirjanpitäjät tarkastivat edelleen kertaalleen ne laskut, jotka kassa jo ennen maksua oli tarkastanut. Leenalla oli luonnollisesti oma käsityksensä siitä mikä on apulaiskirjanpitäjä, hän oli näet sitä mieltä, että kirjanpitoapulainen olisi ollut paljon kuvaavampi nimike.

Pikku hiljaa ero ekonomien ja merkonomien välillä alkoi tosissaan vaivata Hannan mieltä. Hän oli mielestään hyvä ja ahkera työssään ja olisin halunnut saada vastuullisempia tehtäviä, mutta niiden saanti tyssäsi koulutukseen. Päälliköiden mielestä merkonomi on merkonomi ja hänelle kuuluu merkonomin tehtävät ja merkonomin palkka. Hanna haaveili lähtevänsä opiskelemaan lisää, mutta valitettavasti hänen perhetilanteensa oli sellainen, että se ei ollut mahdollista. Lapset olivat vielä pieniä ja molempien palkka oli tärkeä. Niinpä hän joutui hautaamaan haaveensa virkavapaasta ja opiskelusta.

Uusi virka

1980-luvun puolivälissä pääkirjanpitäjä sairastui heti vuodenvaihteen jälkeen. Talousviraston kannalta se tietenkin oli pahin mahdollinen ajankohta sairastua, sillä tilinpäätöksen tekeminen oli käsillä. Pääkirjanpitäjä ei ollut juurikaan puhunut muille kirjapitäjille töistään, särmän takaa vain oli kuulunut aika ajoin huokauksia ja kauhisteluja ja kiire oli aina kova. Keväisin särmän takaa nousi

savupilvi lähes taukoamatta, siihen aikaan tupa-
kointi työpaikalla oli vielä sallittua. Talousjohtaja
oli ilmeisesti laittanut merkille Hannan kovan
työnteon, sillä hänet kelpuutettiin tekemään
kaupungin tilinpäätös ja nimitettiin pääkirjanpi-
täjän sijaiseksi hänen sairaslomansa ajaksi. Urak-
ka oli melkoisen kova, mutta kamreerin avustuk-
sella edellisen vuoden tilinpäätös saatiin tehtyä
eikä siinä ilmeisesti suurempia virheitäkään ollut
koska tilintarkastajat sen hyväksyivät.

Pääkirjanpitäjän sairasloma jatkui ja lopulta hä-
nelle myönnettiin sairaseläke, niinpä hänen vir-
kansa julistettiin avoimeksi. Luonnollisesti Han-
na sitä haki, olihan hän jo lähes vuoden hoitanut
pääkirjanpitäjän tehtäviä sijaisena. Hakijoita oli
vain muutama, ilmeisesti se ei ollut kovin haluttu
paikka tai sitten palkka oli huono ja lisäksi siihen
aikaan työtilanne työmarkkinoilla oli hyvä. Pää-
syvaatimuksena oli merkonomin tutkinto, joten
ekonomit eivät vaivautuneet sitä hakemaan.
Palkka oli luonnollisesti parempi kuin kirjanpitä-
jän palkka, mutta ekonomien palkkatasoon se ei
tietenkään yltänyt. Joka tapauksessa Hanna vir-
kaan valittiin, joskin taas kerran muistettiin mai-

nita, että ulkopaikkakuntalaisen valinta sotii kaupungin henkilöstöpolitiikkaa vastaan.

Henkilöstöpolitiikka

Varsinaista henkilöstöpolitiikkaa ei kaupungilla ollut, sen verran kuitenkin asiaa ilmeisesti oli päättäjien keskuudessa ajateltu, että 70-luvulla oli perustettu henkilöstöosasto ja henkilöstöpäällikön virka ja hänelle luonnollisesti apulaisia: henkilöstösihteereitä, kanslisti ym. Myöhemmin henkilöstöpäällikön nimike muutettiin henkilöstöjohtajaksi ja hän tietenkin tarvitsi avukseen henkilöstöpäällikön. Henkilöstöosaston tehtäviin kuului lähinnä virkaehtosopimusten tulkinta ja kaikin keinoin vastustaa palkankorotusesityksiä, varsinkin jos ne koskivat tavallisia virkamiehiä. Suurille päälliköille palkankorotukset useimmiten myönnettiin niitä sen tarkemmin tutkimatta, he olivat palkankorotuksensa ansainneet. Eivätkä korotukset heille olleet yleensä edes kovin pieniä.

1980-luvulla alettiin esimiehiä kouluttaa mitä erilaisimmilla hienoilta kuulostavilla projekteilla.

Palkattiin kalliita konsultteja suunnittelemaan
esimieskoulutusta ja kaikki esimiehet vuorollaan
osallistuivat pitkiin viikkoja kestäviin koulutus-
projekteihin. Konsulttifirma koulutti ensin pai-
kallisia virkamiehiä, jotka sitten toimivat paikal-
listason kouluttajina oman työn ohella. Kaikki
nämä kouluttajat olivat ylempiä virkamiehiä,
jotka saivat tästä ylimääräisestä työstään ihan
mukavan lisän palkkaansa. Oli suorastaan kunnia
asia päästä osallistumaan koulutukseen, olihan
hienoa ja oman arvon tuntoa kohottavaa olla
esimies ja saada koulutusta niin kovin tärkeään
tehtävään kuin esimiehenä olemiseen. Talousvi-
rastossa kaikki esimiehet vuorollaan saivat osal-
listua, Hanna muiden mukana, sillä hänestä oli
tullut uuden viran myötä muutaman kirjanpitä-
jän esimies, tosin vailla minkäänlaista valtaa,
mutta esimies kuitenkin.

Esimieskoulutus järjestettiin viikoittain yhden
iltapäivän mittaisissa jaksoissa muutaman kuu-
kauden ajan n. 10 esimiehen ryhmissä. Ei noista
koulutustilaisuuksista kovin paljon Hannan mie-
leen jäänyt, mutta ihan kivaa siellä oli. Fläppitau-
lulle kirjattiin erilaisia hienoja periaatteita ja nä-

mä periaatteet laitettiin yksissä tuumin tärkeys-
järjestykseen. Jotta koulutus ei olisi ollut liian
pitkäveteistä, suunniteltiin koulutuksen lomaan
kaikenlaista kivaa tekemistä kuten mikroautoilla
ajoa, ampumaradalla ampumista, jotkut kävivät
risteilyllä jne. Jokainen iltapäivä aloitettiin syö-
mällä hyvin, luonnollisesti kaupungin piikkiin.
Omassa esimiestyössään Hannalla ei ollut mitään
mahdollisuutta soveltaa saamiaan oppeja käytän-
töön, sillä viraston esimiehen kanta oli, että hä-
nenlaisensa esimiehen ainoa tehtävä on pitää
huolta siitä, että kaikki työt tulevat tehtyä hyvin
ja ajallaan. Mitä hyötyä koulutukseen osallistumi-
sesta sitten oli, se jäi ikuisesti epäselväksi.

Luonnollisesti viraston päällikkö osallistui myös
tähän koulutukseen, mutta ei talousvirastossa
juuri mikään asia muuttunut mitenkään. Ainoa
konkreettinen asia, joka siitä seurasi, oli se, että
jatkossa kaikkina seuraavina vuosina pidettiin
vuosittain yksi ns. koulutusiltapäivä, jolloin koko
virasto kokoontui yhteen. Iltapäivän aloitettiin
yhteisellä lounaalla kaupungin omistamassa kou-
lussa, jossa ruoka oli mahdollisimman edullista ja
sen jälkeen jatkettiin yhdessäoloa fläppitaulujen

äärellä. Porukka jakaantui pieniin ryhmiin ja kukin ryhmä sai mietittäväkseen mitä parannettavaa virastossa olisi. Ryhmät kirjoittivat vuorollaan fläppitauluun ryhmässä esille tulleet ongelmat ja päivän päätteeksi kirjattiin ylös mitkä ongelmat oli koettu koko viraston kannalta tärkeimmiksi. Koulutuspäivän jälkeen päällikön sihteeri sitten kirjoitti muistion koulutuspäivästä ja se jaettiin kaikille. Suurimmiksi ongelmiksi nousivat vuosi vuoden jälkeen palkkaus ja tiedonkulku, mutta mitään konkreettisia toimenpiteitä ei suunniteltu eivätkä nämä päivät yleensä johtaneet mihinkään erityisiin toimenpiteisiin. Vuoden kuluttua kokoonnuttiin jälleen viettämään koulutusiltapäivää ja taas saatiin syödä lounas kaupungin piikkiin ja saatiin esittää ryhmissä mielipide siitä, mitä parannettavaa viraston toiminnassa oli.

Uudistuksia

Talousjohtaja irtisanoutui työstään saatuaan yksityissektorilta parempipalkkaisen työn ja kamreerista tuli hänen seuraajansa ja eräästä ekonomista kamreeri. Uuden talousjohtajan myötä kaupun-

gin hallinnossa alettiin kiinnittää erityistä huomi-
oita kustannustehokkuuteen ja liiallista kustan-
nusten kasvua alettiin hillitä, sillä 1980-luku oli
ollut pelkkää kasvun aikaa. Kuntien tehtävät
lisääntyivät vuosi vuodelta, konkreettisesti sen
huomasi kaupungin talousarvion kasvusta. Uusia
kouluja, päiväkoteja ja terveyskeskuksia raken-
nettiin ja vanhoja saneerattiin, rakennettiin van-
hainkoteja, vanhustentaloja, laajennettiin terve-
yskeskuksen vuodeosastoa ym. ym. Kaupungin
tehtävien laajentumisen myötä tultiin siihen tu-
lokseen, että talouden hoito oli hajautettava hal-
lintokuntiin, muuten talousviraston henkilöstö-
määrää olisi pitänyt kasvattaa roimasti.

Hajautus vaati jälleen kerran uuden talousjärjes-
telmän hankinnan, käytössä olevalla järjestelmäl-
lä hajautettu taloudenhoito ei olisi mahdollista.
Uuden järjestelmän käyttöönoton myötä siirryt-
tiin maksuperusteisesta talouden seurannasta
suoriteperusteiseen talouden seurantaan mikä
tarkoitti sitä, että laskut kirjattiin kirjanpitoon ja
ostoreskontraan silloin kun ne saapuivat ja ne
maksettiin koneellisesti eräpäivänä. Taloustoi-
miston kirjanpito-osaston apulaiskirjanpitäjien

nimikkeet muutettiin kirjanpitäjiksi ja kirjapitäjien virkoja perustettiin hallintokuntiin runsaasti, sillä hajautettu taloudenhoito tarkoitti sitä, että laskut kirjattiin suurimmissa hallintokunnissa järjestelmään ja vain pienempien hallintokuntien laskut tulivat taloustoimistoon kirjattaviksi. Pikkuhiljaa hallintokunnissa olevien kirjapitäjien määrä kasvoi, piti olla varahenkilö ja varahenkilön varahenkilö. Laskujen maksu hoidettiin edelleen keskitetysti talousvirastossa, jonne oli perustettu oma ostoreskontraosasto joka hoiti laskujen keskitetyn maksamisen. Tulojen laskuttamiseen oli hankittu laskutusjärjestelmiä ja laskujen suorituksia seurattiin myyntireskontraosastolla.

Taloustoimiston kirjanpito-osaston tehtävänä oli tukea ja opastaa, kuten tehtäväkuvauksissa hienosti sanottiin, kaupungin muita hallintokuntia kirjanpitoon ja muuhun taloudenhoitoon liittyvissä ongelmissa. Tästä ohjaustehtävästä päätellen olisi voinut kuvitella, että taloustoimiston kirjanpitäjiltä vaadittiin hiukan enemmän kuin hallintokuntien kirjanpitäjiltä ja niin Hannan kuin kirjanpitäjienkin mielestä se olisi pitänyt jollain tavalla näkyä myös palkassa. Palkat ovat

kunnallisella alalla olleet julkisia muutaman vuo-
den poikkeusta lukuun ottamatta, ei siis ollut
mikään ongelma soittaa palkkaosastolle ja kysyä
mitä tietyille henkilöille kuukaudessa maksettiin.
Muissa hallintokunnissa palkkojen todettiin ole-
van korkeammat kuin talousvirastossa. Kirjan-
pitäjien esimiehenä Hanna yritti ottaa palkka-
asian esille ja saada heille palkankorotuksen,
mutta taloustoimiston päällikön mukaan asia ei
suinkaan ollut niin ja varsinkin eräs ekonomeis-
ta, jolla itse asiassa ei ollut mitään tekemistä ko-
ko asian kanssa, oli vahvasti talousjohtajan kans-
sa samaa mieltä. Perusteluna kirjanpitäjät saivat
kuulla, että heille kuului kyllä tukea ja opastaa
muita, mutta loppujen lopuksi heidän ei tarvin-
nut tietää asioista niin syvällisesti kuin hallinto-
kuntien kirjanpitäjien. Lisäksi hallintokunnissa
oli muita tehtäviä, joita näiden kirjanpitäjien tuli
hoitaa. Mitä ne olivat, on jäänyt epäselväksi sa-
moin kuin se miten joku voi neuvoa ja opastaa
toista ellei hän tiedä asiasta syvällisesti, mutta
ehkä sellaistakin on. Kaikki on mahdollista, ai-
nakin kunnissa.

Hanna ei esimiehensä mielestä varmaan ollut mitenkään esimerkillinen esimies, sillä hänen näkökulmastaan esimiehen tehtävä oli ennen kaikkea olla lojaali työnantajaansa kohtaan eikä suinkaan ajaa liian voimakkaasti alaistensa asiaa. Hanna yllytti kuitenkin kirjanpitäjiä ottamaan yhteyttä pääluottamusmieheen palkkausta koskevassa asiassa ja sen he tekivätkin. Julkisella sektorilla laiva kääntyy kuitenkin hyvin hitaasti ja kesti varmaan lähes kaksi vuotta ennen kuin paikallisissa neuvotteluissa oli päästy henkilöstöosaston kanssa niin pitkälle, että palkkavertailu hallintokuntien ja taloustoimiston kirjanpitäjien kanssa oli tehty ja kaikkien asianosaisten tiedossa. Henkilöstöosasto tuli kuin tulikin siihen tulokseen, että taloustoimiston toimistohenkilökunnan palkat olivat jääneet jälkeen muiden hallintokuntien palkoista ja niin tehtiin päätös, että heidän palkkaansa voitaisiin perustellusti korottaa. Talousjohtajalle asia oli ilmeisesti vaikea niellä, hän oli aivan ilmeisesti vastustanut palkankorotuksia viimeiseen asti. Kaupungilla meni siihen aikaan talousjohtajan mielestä taloudellisesti huonosti, tosin sellaista aikaa on vaikea muistaa, että kaupungin talous olisi hänen mielestään ollut hyvässä kunnossa. Vuodesta toiseen hän jaksoi painottaa kuinka vyötä on kiristettävä, sijaisia ei saa palkata ja kaikkien on kannettava kortensa kekoon kaupungin talouden tervehdyttämiseksi. Erityisesti taloustoimiston tuli olla esimerkillinen hallintokunta.

Henkilöstöosaston päätöksen jälkeen talousjohtaja sitten eräänä aamuna kutsui toimistohenkilöstön (merkonomit) koolle ja otti puheeksi tehdyn päätöksen, joka hänen mielestään mitä ilmeisimmin oli seurausta taloustoimiston henkilöstön oma-aloitteellisuudesta. Hän piti pitkän puheen siitä kuinka kaupungin talous on pahassa jamassa, säästöjä olisi saatava aikaan eikä mitään ylimääräisiä menoja hyväksytä. Samaan hengenvetoon hän kertoi henkilöstöosaston päätöksestä, joka hänen virkansa puolesta oli saatettava asianosaisten tietoon ja kysyi ovatko asianosaiset edelleen sitä mieltä, että ottavat palkankorotuksen vastaan näin vaikeassa taloudellisessa tilanteessa. Kaikki olivat luonnollisesti vähän hämillään pidetyn puheen jälkeen eikä kukaan oikein uskaltanut tuoda mielipidettään julki, mutta jotenkin palkankorotuksen hyväksyvä kanta saatiin ilmaistua.

Niinpä taloustoimiston merkonomit, Hanna mukaan lukien, saivat palkankorotuksensa, se taisi olla Hannan kohdalla ehkä 100 – 150 markan verran, muilla sitäkin vähemmän. Samoihin aikoihin tuli tieto puskaradion kautta, että talousjohtaja oli korottanut oma-aloitteisesti erään talousviraston ekonomin palkkaa 500 mk kuukaudessa ja eräissä muissa virastoissa johtavien viranhaltijoiden palkkoja oli korotettu 500 – 1000 mk kuukaudessa. Se siis niistä säästöistä ja jokaisen viranhaltijan osallistumisesta säästötalkoisiin, mutta talousjohtajan mielestä toimistohenkilökunnan ja johtavien viranhaltijoiden palkankorotuksia ei voinut rinnastaa toisiinsa. Johtavat virkamiehet kuuluivat eri kategoriaan.

Muutos

1980-luvun loppupuolella Hanna alkoi olla kurkkuaan myöten täynnä ekonomien ja kauppatieteiden maisterien, joita alkoi valmistua 80-luvun alkupuolella, ylivertaisuudesta verrattuna merkonomeihin. Heidän käytöksensä oli siinä määrin ylimielistä ja vaikka hän oli jo lähes 16 vuotta työskennellyt taloustoimistossa, vaikutti siltä, että hänen käsityskykyään pidettiin koulutuksen takia vähän jälkeen jääneenä. Ei Hanna mitenkään aliarvioinut merkonomin koulutusta, mutta hän oli vain niin kyllästynyt aliarvostettuun asemaansa. Kauppaoppilaitoksissa annettu opetus oli erittäin monipuolista ja sieltä hän sai työelämään hyvän pohjan, joskin julkisen puolen koulutus oli jäänyt vähemmälle.

Hanna alkoi kuumeisesti etsiä opiskelumahdollisuuksia, mutta hän ei ollut valmis jäämään opintovapaalle ja aloittamaan kokopäiväistä opiskelua, sillä palkan menettäminen olisi tehnyt liian suuren loven kukkaroon. Elintasosta tinkiminen opiskelun kustannuksella ei tullut kysymykseen. Eräänä sunnuntaina Hanna näki ilmoituksen lehdessä erään yliopiston järjestämästä julkisyhteisöjen laskentatoimen kurssista ja päätti osallistua siihen, sillä se järjestettiin viikonloppuisin ja melko lähellä hänen kotipaikkakuntaansa. Niin hän ilmoittautui kurssille ja aloitti opiskelun; perjantai-illat ja lauantaipäivät hän vietti täydennyskoulutuskeskuksessa opiskellen julkisyhteisöjen laskentatointa, asiaa, joka oli hänelle tuttuakin tutumpaa. Opintoviikkojen suorittaminen ei vaatinut sen ihmeellisempiä ponnisteluja ja 34 opintoviikon suorittamiseen meni työn ohessa pari vuotta. Samoihin aikoihin yliopisto alkoi järjestää lisää erilaisia yliopisto-opintoja samassa paikassa ja niinpä Hanna päätti suorittaa vielä julkisoikeuden ja julkishallinnon kursseja. Loppujen lopuksi opintoja kertyi vajaassa kolmessa vuodessa sen verran, että hän päätti hakea opinto-oikeutta yliopistoon. Hän sai kuin saikin opinto-oikeuden ja niin Hannasta tuli yliopisto-opiskelija, joskin aika tavalla vanhempi kuin muut, mutta se ei häntä häirinnyt. Ongelmana oli nyt vain yliopiston etäisyys, sillä oli joitain opintoja, joissa oli läsnäolopakko. Neuvoteltuaan talousjohtajan kanssa he pääsivät sellaiseen ratkaisuun, että hän voisi pitää kesälomansa vapaapäivinä ja noina päivinä matkustaa luennoille. Virkaehtosopimuksen mukaan irtopäivinä pidetty loma kuitenkin aiheutti sen, että jokaista 5 irtopäivää kohti hän menetti lomastaan yhden päivän. Asia otti kovasti päähän, mutta sille ei voinut mitään. Tenttien suorittaminen oli on-

neksi mahdollista lähempänä sijaitsevassa täy-
dennyskoulutuskeskuksessa. Loppujen lopuksi
suorittamatta oli niin vähän opintoviikkoja, että
Hanna sai suoritettua alemman korkeakoulutut-
kinnon vajaassa vuodessa.

Valmistumisensa jälkeen Hanna kuvitteli, että se
jotenkin huomioitaisiin työpaikalla, mutta melko
pian hän sai huomata, että ei sitä mitenkään no-
teerattu. Hän jatkoi entisessä työssään entisellä
palkallaan sama merkonomin merkki otsassaan
kuin ennenkin. Arvatenkin se otti hänen luon-
nolleen ja vielä kun eräs ekonomeista sanoi, ettei
Hannalle koskaan talousvirastossa tultaisi tar-
joamaan koulutusta vastaavaa työtä vaan hänen
olisi hakeuduttava muualle. Saattoipa hyvinkin
olla, että hän itse oli esittänyt talousjohtajalle
tämän ajatuksen. Niinpä Hanna päätteli, ettei
alemman korkeakoulututkinnon suorittaminen
ollut vielä riittävä ja hän haki lähempänä sijaitse-
vaan yliopistoon, jossa päätti jatkaa saman alan
opintoja maisterin tutkintoon asti. Hanna pääsi
yliopistoon ja opiskelu jatkui, nyt tosin huomat-
tavasti kivuttomammin kuin edellisellä kerralla,
sillä parin tunnin luennolla käynti ei vienyt koko

päivää vaan hän saattoi hyödyntää liukuvan työajan suomia mahdollisuuksia. Maisterin tutkinnon suorittamiseen meni 1,5 vuotta, sillä jo suoritetut opinnot hyväksyttiin muutamaa poikkeusta lukuun ottamatta. Kaiken kaikkiaan hän oli opiskellut työn ohella 5 vuotta. Kun opiskelu oli ohi, Hannaa ihmetytti miten päätoimiset opiskelijat saavat opintoihinsa kulumaan saman verran aikaa ja enemmänkin kokopäiväisesti opiskellen. Yhdessä asiassa heihin verrattuna hän oli kyllä poikkeus, sillä hän ei viettänyt minkäänlaista opiskelijaelämää, vaan kävi töissä ja aina silloin tällöin luennoilla, hoiti perheen ja siinä se aika meni. Puolustuksena nuorempien opiskelijoiden pidempään opiskeluaikaan Hanna kuitenkin ajatteli, että heillä ei ole lähes 20 vuoden työkokemusta opiskelemastaan alasta.

Maisterin tutkinnon suoritettuaan Hanna sai pienen palkankorotuksen ja joitain vaativampia tehtäviä, mutta viraston ekonomien palkkatasoon hän ei vieläkään yltänyt. Hän teki töitä hyvin ahkerasti ja oli mielestään erittäin hyvä työssään, hallitsi kameraalisen kirjapidon ja tilinpäätöksen teon, kehitti työtehtäviä ja yritti karsia

turhat työt pois, mutta merkonomin leima oli
liian vahvasti otsassa ja esimiehen mielessä.
Luonteeltaan Hanna koki olevansa sellainen, että
jos hän huomasi epäkohtia, niin hän ei peitellyt
mielipidettään niistä, vaan toi ajatuksensa julki.
Se on ollut ominaisuus, josta hänen olisi ehdot-
tomasti pitänyt päästä eroon, mikäli olisi halun-
nut päästä urallaan eteenpäin, mutta minkäs sitä
seepra raidoilleen voi.

Etenemistä uralla olisi tietenkin voinut harkita
myös toisella tavalla, sillä samaan aikaan kun
Hanna opiskeli yliopistossa, siellä opiskeli myös
eräs kaupungin hallinnossa työskennellyt mies-
henkilö. Hän oli ottanut opintovapaata töistään
valmistuakseen nopeammin. Hänen entisen vi-
rastonsa ylempi virkamies oli antanut hänelle
hyvän neuvon ajatellen myöhempää valmistu-
mista ja uralla eteenpäin pääsemistä. Neuvo oli
ollut se, että ei kunnallisella alalla mitenkään
ihmeellisesti tarvitse asioita osata tai yrittää
osoittaa olevansa hyvä työssään, riittää kun on
oikeiden ihmisten kaveri. Ilmeisesti tämä kysei-
nen mieshenkilö oli ottanut neuvosta vaarin ja
hakeutunut oikeiden ihmisten kaveriksi, sillä heti

valmistumisensa jälkeen hänet valittiin hyväpalk-
kaiseen johtavaan virkaan. Oletus on, että hyviä
kavereita ovat kunnallispoliitikot, jotka suurella
sydämellä hoitavat yhteisiä asioita täysin pyyteet-
tömästi yrittämättä itse mitenkään hyötyä ase-
mastaan saati sitten yrittämättä pönkittää omien
sukulaistensa tai tuttaviensa asemaa hallinnossa.

Hanna edesmennyt isä, joka oli ollut valtionhal-
linnon virkamies, oli sanonut eläkkeelle jäätyään,
että kunnan- ja valtionhallinnossa on se hyvä
puoli, että virkamiehiin yhteydessä oltaessa ei
tarvitse opetella uusia sukunimiä, sillä ne pysyvät
vuodesta toiseen samoina. Omaksi huvikseen
Hanna vuosien aikana seurasi tätä sukunimien
kehitystä ja hyvin pitkälle hänen isänsä oli ollut
oikeassa. Varsinkin kesätyöntekijöiden su-
kunimissä oli ollut huomattavissa vahvaa yhtäläi-
syyttä virastojen ylempien virkamiesten su-
kunimien kanssa. Sattumaahan se tietenkin oli
ollut tai he olivat olleet poikkeuksellisen hyviä
hakijoita, kuten Hannan esimies oli asian ilmais-
sut. Hanna ei koskaan rohjennut yrittää saada
lapsiaan kaupungille kesätöihin, sillä heidän rasit-
teenaan oli tietenkin sama asia kuin äidillään, he

maksoivat veronsa väärään kuntaan ja olivat
lisäksi liian vaatimattomassa asemassa olevan
virkamiehen lapsia. Joka kesä he onnistuivat silti
löytämään jostain kesätyöpaikan omilla avuillaan,
tai ainakin melkein. Hannan isä oli nimittäin
ollut tiemestari ja kun lapsenlapsi tarvitsi kesäksi
työpaikkaa niin paapan soitto virkaveljelleen riitti
suositukseksi ja kesätyöpaikka oli taattu. Hannan
pojan kokemukset valtion kesätyöpaikasta eivät
olleet mitenkään mieltäylentäviä, sillä hän kuvit-
teli nuorena riuskana poikana pääsevänsä oikei-
siin töihin, mutta ei. Muutamia työtehtävistä
mainittakoon: hän kiersi työnjohtajan kanssa
autolla alueen parkkipaikoilla tutustumassa park-
kipaikan yleiseen siisteyteen ja mm. siihen oliko
WC:ssä paperia. Puutteet kirjattiin ylös vihkoon
ja vietiin toimistolle ja seuraavana päivänä lähti
toinen partio liikkeelle ja korjasi puutteet ja vei
mahdollisesti puuttuvan WC paperin. Pojan mie-
lestä he olisivat hyvin voineet itse viedä tuon
puuttuvan paperin, mutta se nyt vain ei sattunut
kuulumaan heidän partionsa tehtäviin. He vain
kartoittivat puutteet ja toinen partio korjasi ne.
Todella työllistävää toimintaa!

Hannan kolmas virhe

Aina palkkaneuvotteluja käytäessä kirjanpitäjät
elivät siinä toivossa, että kunnallisella alalla vih-
doin ja viimein saataisiin aikaan sellainen sopi-
mus, että palkat nousisivat kunnolla. Valtion
virkamiehet olivat lakkoilleet ja saaneet sopi-
muksiinsa tuntuvan korotuksen, mutta kuntien
viran- ja toimenhaltijat saivat vuodesta toiseen
tyytyä kovin vaatimattomiin korotuksiin. Uutisia
katsoessa lähes joka kerta sai kuulla, että kunnal-
linen ala on tehnyt päänavauksen neuvotteluissa
ja solminut uuden sopimuksen, valitettavasti
vain alhaisimmalla mahdollisella korotusprosen-
tilla. Muut liitot neuvottelivat vuosi toisensa
jälkeen paremmat sopimukset ja vuosi toisensa
jälkeen kunnan viran- ja toimenhaltijat jäivät
muista jälkeen.

Neuvotteluissa oli uudeksi suunnaksi otettu jät-
tää osa korotuksesta kohdistamatta ja se siirret-
tiin paikallisesti päätettäväksi järjestelyeräksi.
Suomeksi sanottuna se tarkoitti sitä, että osa
palkankorotuksista päätettäisiin paikallisesti pärs-
täkertoimen mukaan. Asia otti kovasti Hannaa

päähän ja hän keskusteli asiasta työkavereittensa kanssa kahvitauolla. Hanna ei ollut valmistumisensa jälkeen vaihtanut kahviporukkaa, vaikka hänet kerran kutsuttiinkin ekonomien kanssa kahvia juomaan, vaan jatkoi samassa porukassa jossa olin ennen kahvinsa juonut. Palkkakeskusteluissa he tulivat yksissä tuumin siihen tulokseen, että on syytä kirjoittaa liitolle kirje ja huomauttaa, että paikallisesti sovittava "pärstäkerroinlisä" oli heidän mielestään huono ajatus. Hanna tarjosi itseään kirjeen kirjoittajaksi ja muut hyväksyivät ehdotuksen.

Niin hän laati Kunnallisvirkamiesyhdistykselle kirjeen, jossa esitti moitteen siitä, että osa palkankorotuksista siirrettiin paikallistasolle pärstäkertoimen mukaan jaettavaksi. Jäsenet maksoivat liitolle jäsenmaksua, joka ei ollut mitenkään erityisen pieni ja vastavuoroisesti he odottivat, että liitto neuvottelee kunnon palkkaratkaisun. Perusteluna oli vielä se, että paikallisesti jaettava erä ei jakaannu oikein, vaan sen saantiin vaikuttavat aivan muut syyt kuin henkilöiden osaaminen. Luonnollisesti Hanna allekirjoitti kirjelmän ensimmäisenä, jonka jälkeen muut laittoivat siihen nimensä. Ekonomeilta ei edes kysytty haluavatko he sen allekirjoittaa ja niin kirje vietiin postiin suoraan liiton puheenjohtajalle osoitettuna.

Ei kulunut viikkoakaan kun Hanna sai kutsun esimiehensä luokse. Liiton puheenjohtaja oli ottanut yhteyttä kaupungin henkilöstöpäällikköön ja kertonut millaisen kirjeen oli saanut ja kertonut mistä virastosta se oli tullut ja ketä siinä oli allekirjoittajina. Ilmeisesti henkilöstöpäällikölle ja talousjohtajalle ei ollut tuottanut suuriakaan vaikeuksia päätellä kuka kirjeen on laatinut. Hannan esimies oli äärimmäisen tuohtunut, hän kertoi kuinka esimiehenä Hannan ei pitänyt ottaa kantaa tuollaisiin asioihin ja lietsoa muiden keskuudessa tyytymättömyyttä paikallisten neuvottelijoiden neuvottelutaitoihin. Hanna oli jälleen kerran toiminut sopimattomasti, mutta edelleenkin hän oli sitä mieltä, että oli toiminut oikein. Ääneen hän ei kuitenkaan uskaltanut sitä sanoa.

Pärstäkerroinlisät tulivat jäädäkseen ja kerta toisensa jälkeen niitä jaettiin henkilöstön mielestä enemmän tai vähemmän epäoikeudenmukaisesti.

Hannakin toki niistä sai osansa, mutta hänestä tuntui että sai niitä vain sen takia, että olisi hiljaa. Jäsenyytensä Kunnallisvirkamiesliitossa hän päätti samana päivänä kun sai kutsun puhutteluun, siitä alkaen hän maksoi jäsenmaksunsa Akavaan. Ei Akava sen kummemmin jäsenistönsä etuja ajanut, mutta ainakin jäsenmaksu oli huomattavasti alhaisempi.

Muutoksia jälleen

90-luvulla kuntien taloushallinto muuttui yksinkertaisesta kameraalisesta järjestelmästä monimutkaisemmaksi. Ensin tuli voimaan arvonlisäverolaki, joka alkoi koskettaa kuntia vuoden 1993 alusta, sitten vuonna 1997 kunnat siirtyivät noudattamaan liikekirjapitoa. Muutosten vieminen eteenpäin hallinnossa vaati paljon työtä ja tuskaa. Syynä ei suinkaan ollut se, että uudet asiat olisivat taloustoimistossa työskenteleville olleet liian vaikeita, mutta kun ottaa huomioon sen, että koko kaupungin henkilökunta oli pikku hiljaa kasvanut yli 5000 henkilön ja uudistukset väkisinkin koskettivat jollain tapaa lähes kaikkia, niin uudistusten läpivienti muutaman henkilön toimesta oli todella työlästä. Käytössä oli hajautettu taloushallinto jota hoiti hallintokunnissa kirjava joukko entisiä kirjanpitäjiä, jotka vuosien varrella olivat saaneet uudet hienot tittelit. Oli laskentapäälliköitä, laskentasihteereitä ym. ja jokaisessa hallinotkunnassa oli lisäksi oma talouspäällikkö ja suurimmissa hallintokunnissa talousjohtaja. Huolimatta hienoista titteleistä ja taloustoimiston henkilökuntaa huomattavasti korkeammista palkoista uusien asioiden käsityskykyä ei voinut suoraan verrata henkilön asemaan ja palkkaan.

Oli henkilöitä, jotka pitivät esim. arvonlisäveronjärjestelmän monimutkaisuutta taloustoimiston henkilökunnan vikana, saattoipa joku joskus jopa sanoa, että itsehän te sen olette halunneet, heille olisi hyvin käynyt entinen toimintatapa. Hannaa ihmetytti miten kukaan taloushallinnon ammattilainen voi päästää suustaan niin idioottimaisia ajatuksia. Jos valtio on säätänyt lain koskemaan myös kuntia, niin kuinka joku saattoi ajatella, että sen täytäntöönpano on toimeenpanijoiden vika. Olisi siinä verotoimistossa ihmetelty kun olisi ilmoitettu, että meidän kaupunki ei

aio ottaa arvonlisäverojärjestelmää käyttöön
vaan jatkaa entiseen tapaan. Se kun oli paljon
yksinkertaisempi tapa.

Työnsä puolesta Hanna joutui jatkuvasti vuodes-
ta toiseen käymään läpi hallintokunnissa kirjattu-
ja laskuja ja huomauttelemaan lain virheellisestä
tulkinnasta tai kaupungin saamatta jääneistä ar-
vonlisäveroista. Ikäväkseen hän huomasi henki-
löitymän työtehtäviin kaupungin henkilöstölleen
järjestämässä syysjuhlassa, joita alettiin pitää
henkilöstön työssä jaksamista ylläpitävänä toi-
mintana ja johon Hanna tavoistaan poiketen
kerran osallistui. Eräs henkilö tuli siellä hänen
luokseen rohkaistuneena käsilaukussa olleen
taskumatin juomasta. Hän kysyi Hannalta, että
tietääkö hän ihmisten olevan sitä mieltä, että hän
on juuri niin "v…..mainen" ihminen kuin on
hänen työnsä. Silloin Hanna ajatteli, että on ehkä
aika ajatella jotain muuta työtä. Ikääkin alkoi olla
jo sen verran, että jos teki mieli hakeutua muual-
le, niin se piti tehdä pian. Sopivan paikan löyty-
minen laman jälkeen oli kuitenkin hankalaa, sillä
hän ei ollut halukas menemään töihin sellaiseen
työpaikkaan, joka hänen oman näkemyksensä

mukaan ei vaikuttanut taloudellisesti turvalliselta. Niinpä hän jatkoi edelleen entisessä virassaan ja osaltaan vei uudistuksista läpi liikekirjanpitoon siirtymisen ja jälleen uuden laskentajärjestelmän käyttöönoton.

Uudistusten läpivienti isossa organisaatiossa ei välttämättä sujunut aivan kivuttomasti, mutta onnistui loppujen lopuksi kuitenkin vähintään hyvin. Hanna piti työstään ja paneutui siihen kaikella tarmollaan. Esimiehelleen hän on kiitollinen siitä, että vaikka hän ihmisenä ei ollut niitä kaikkein empaattisimpia, niin työasioissa hän oli todellinen huippu. Hänellä oli aina aikaa perehtyä asioihin jos häneltä kysyi neuvoa, olipa hänellä itsellään kuinka kiire tahansa. Koskaan ei tullut sellaista tunnetta että kysymyksen esitti väärään aikaan. Huippu hän oli myös siinä mielessä, että ei ollut olemassa asiaa mistä hänellä ei ollut tietoa.

Henkilökuntaa taloustoimistoon ei palkattu lisää vaan jatkettiin entisellä vahvuudella huolimatta siitä, että liikekirjanpitoon siirtymisen myötä työtehtävät muuttuivat entistä monipuolisemmiksi ja haastavammaksi. Varsinkin tilipäätösaikaan työtä tehtiin lähes tauotta, arkipäivinä ei ollut mitenkään poikkeuksellista että työpäivä kesti 10 tuntia tai yli. Hyvin usein viikonloppuna ainakin toinen päivistä kului töissä. Valitettavasti raataminen ei tuonut minkäänlaista taloudellista etua, sillä liukuvan työajan puitteissa oli taloustoimistossa tehty erillinen, virkaehtosopimuksen mukaan laiton sopimus, että ylityönä tehdyt tunnit vain kertyivät kellokortille ja ne pidettiin vapaana vähemmän kiireettömänä aikana. Normaali liukuma-aika kaupungilla oli se, että kellokortille sai kertyä ylitunteja korkeintaan 30, jos niitä kertyi enemmän, niin ne menetti. Erillisen sopimuksen myötä viranhaltijat luokiteltiin "tärkeysjärjestykseen". Osalla liukuman yläraja nostettiin 60 tuntiin ja osalla 100 tuntiin, suuri osa pysyi normaalin liukuman puitteissa. Hanna kuuluin niihin, joilla taso oli 100 tuntia, mutta ei hän koskaan onnistunut saavuttamaan tuota maagista 100 tunnin rajaa.

Moni voi tietysti ajatella, että mitenkä töistä voi kunnallisen pitkän loman lisäksi olla poissa vielä ylimääräiset 100 tuntia, viikkotyöajaksi muutettuna se on lähes 3 viikon työaika, joten vuoden mittaan vapaata kertyi joillekin yhteensä noin 9 - 10 viikkoa. Miten se oli mahdollista, se jääköön pohtimatta, mutta sellaista sopimusta tarjottiin ja se hyväksyttiin. Kaupunki säästi rahaa, kun ei tarvinnut maksaa ylitunteja ja virkamiehet saivat ylimääräistä palkallista vapaata. Jos lisätyö olisi maksettu ylityötunteina, olisivat virkaehtosopimuksen mukaiset korotetut tunnit tuoneet kivasti lisää rahaa palkkapussiin, nyt pidettiin vapaana tunti tunnista ilman mitään korotuksia. Huono sopimus oli, mutta muutakaan vaihtoehtoa ei esitetty ja työt oli tehtävä aikataulun puitteissa.

Ei muuten ole tuo KiKy mikään uusi juttu kun sitä käytettiin jo tässäkin kaupungissa yli 20 vuotta sitten.

Valitettavasti tämä erityissopimus ylitöistä johti siihen, että henkilökuntaa alettiin arvostaa sen mukaan kuinka paljon heillä on lisätunteja kellokortilla. Muutamat henkilöt olivat töissään jopa niin ahkeria, että edes 100 tunnin raja ei heille riittänyt. Puskaradio, joka muuten on maailman paras tiedotuskanava, kertoi, että näille erityisen

tärkeille henkilöille maksettiin osa kertyneistä
tunneista rahana kun 100 tunnin raja ei riittänyt.

2000-luku

Mielessään Hanna haaveili edelleen saavansa
joskus koulutustaan vastaavaa työtä, sillä hän
tunsi juuttuneeni paikoilleni ja palkkakin oli edel-
leen huomattavasti alle ekonomien palkkatason.
Lopulta eräänä päivänä hän näki lehdessä ilmoi-
tuksen, jossa erääseen valtion laitokseen haettiin
talouden ammattilaista. Hanna haki paikkaa ja
lähes 50 vuoden iästään huolimatta hänet valit-
tiin siihen. Nuoruuden ihannointia työmarkki-
noilla oli jo silloin ja on edelleen, se on suoras-
taan ärsyttävää ja silmiinpistävää. Työntekijöiksi
halutaan mieluiten 25 – 30 -vuotias vahvan työ-
kokemuksen omaava henkilö. Onko sellaisia
olemassa, se on eri asia. Joka tapauksessa Hanna
oli erittäin tyytyväinen valinnastaan, mutta jo
lähes 30 vuotta samassa kunnassa työskennellee-
nä hänen mieleensä hiipi epäilys siitä, millaista
työ valtion hallinnossa mahtaa olla ja sopeutuisi-
ko hän uuteen työyhteisöön. Onneksi kaupungin
henkilöstöperiaatteisiin sisältyi lauseke, että kau-

punkia vähintään 10 vuotta palvelleilla on oikeus vuoden palkattomaan virkavapaaseen työstään myös siinä tapauksessa, että he hakeutuvat toisen työnantajan palvelukseen. Hanna kertoi esimiehelleen valinnastaan ja ilmoitti anovansa vuoden virkavapautta. Esimies ei ollut asiasta mitenkään kovin innoissaan ja yritti saada Hannan mielen muuttumaan lupaamalla harkita työtehtävien uudelleenjärjestelyä ja palkkaa. Hanna oli kuitenkin jo lähes 10 vuotta maisteriksi valmistumisen jälkeen odottanut, että valmistuminen huomioitaisiin ja se näkyisi myös palkkanauhassa. Hän oli tehnyt päätöksen lähteä ristiretkelle valtionhallintoon eikä hänen mieltään muuttaneet mitkään lupaukset.

Valtiolla töissä

Hanna siirtyi valtion palvelukseen vuoden alkupuoliskolla, jolloin edellisen vuoden tilinpäätös oli jo valmistunut ja elettiin uutta tilivuotta. Apulaistalouspäällikön virkaa oli hakenut samaisessa laitoksessa työskennellyt kirjanpitäjä, hän oli jopa hoitanut virkaa vuoden päivät viransijaisena. Ilmeisesti hän oli ollut varma siitä, että hänet virkaan myös valittaisiin, ja kun sitten niin ei käynytkään, oli se hänelle karvas pettymys. Hanna koki heti ensimmäisestä päivästä lähtien tietynlaista vihamielisyyttä hänen taholtaan.

Kunnan ja valtion taloudenhoito poikkesivat toisistaan melko paljon, sen Hanna sai huomata heti alussa. Kysyttyään talouspäälliköltä perehdyttämistä työtehtäviin hänen kommenttinsa oli, että kai tuon ikäinen ihminen tietää mitä töissä pitää tehdä. Virkaa aiemmin hoitanut kirjanpitäjä ei ollut lainkaan halukas keskustelemaan työtehtävistä saati kertomaan mitä tehtäviä hänelle oli kuulunut. Olipa jopa käynyt niin hassusti, että edellisen vuoden tilinpäätöstiedot olivat ihan vahingossa kadonneet tietokoneen muistista. Hanna joutui siis aloittamaan oman perehdyttämisensä täysin tyhjältä pöydältä.

Laitos, johon hän oli siirtynyt, oli valtionhallinnossa ns. maksupiste, ts. se kuului suuremman yksikön alaisuuteen ja sitä ohjattiin sieltä käsin. Hanna otti yhteyttä tähän ohjaavan laitoksen talousvastaavaan ja pyysi opastusta työhönsä. He lupasivat järjestää sitä ja niin Hanna lähti pääkaupunkiin muutamaksi päiväksi perehtymään uusiin tehtäviinsä. Yllätys oli melkoinen, kun hän huomasi perehdyttämisen olevan tasoa, jossa neuvotaan mille kirjanpidon tilille kirjataan matkalaskut, kilometrikorvaukset, kahvitarjoilut ja jopa tulitikkuaskin osto oli erikseen neuvottu. Hän oli ensimmäisen päivän jälkeen aika äimistynyt saamistaan ohjeista, mutta päätti odottaa seuraavaan päivään. Seuraavanakaan päivänä ei alettu keskustella asioista joihin hän halusi selvyyttä, joten hän ei saanut tälläkään kertaa pidettyä suutaan kiinni vaan sanoi, että tuon tason tiedot hän oli oppinut jo lähes 30 vuotta sitten ja nyt halusi tietää miten taloushallinto valtiolla oikeasti toimii ja mitä apulaistalouspäällikön tehtäviin kuuluu. Perehdyttämisestä vastannut talousvastaava oli asiasta eri mieltä ja koki, että hän antoi juuri sitä tietoa mitä piti, kuuluihan tehtäviin laskujen tiliöinti. Hanna ei suostunut ottamaan sen tason tietoa vastaan, ilmoitti sen selvin sanoin ja lopulta kävi niin, että hänen sanottiin olevan häirikkö.

Lopulta ei auttanut muu kuin aloittaa itse budjettilakien, sääntöjen ja ohjeiden tutkiminen. On-

neksi internet oli jo siihen aikaan olemassa ja
sieltä löytyi hyödyllistä tietoa, sen lisäksi Hanna
oli aktiivisesti yhteydessä muihin valtion vastaa-
viin laitoksiin ja kyseli heiltä neuvoa. Jälkeenpäin
Hanna oli sitä mieltä, että ensimmäiset kuukau-
det valtiolla eivät olleet erityisen tuottavia, sillä
jos hänet olisi perehdytetty laitoksen omasta
toimesta töihin, olisi se sujunut huomattavasti
nopeammin. Mutta mitä väliä sillä loppujen
lopuksi oli, hänelle maksettiin 3000 mk enem-
män kuukaudessa kuin palkka kaupungilla oli
ollut. Aika typerää olla tyytymätön siihen, että sai
palkkaa lähes vastikkeetta. Valtionhallinto oli
siihen aikaan huomattavasti jäljessä kunnallisesta
taloudenhoidosta ja tuntui siltä kuin hän olisi
palannut ajassa 10 – 15 vuotta taaksepäin ja
huomasi yhtäläisyyksiä entisiin vanhoihin työta-
poihin. Kunnan tietojärjestelmät olivat kehitty-
neitä, mutta valtion järjestelmä tuntui kovin
vanhanaikaiselta. Ärsyttävää oli myös se, että
mitään hankintoja ei kyseenalaistettu, ikuinen
niukkuus ja rahapula oli iskostettu niin syvälle,
ettei se ollut hävinnyt Hannan mielestä. Jos joku
esitti tarvitsevansa jotain, se hankittiin välittö-
mästi. Rahaa tuntui olevan ja sitä laitettiin me-

nemään ihan kiitettävällä vauhdilla. Valtiokont-
torin pankkitililtä siirrettiin joka yö kate pank-
kiin, mitä sitä turhaan kyseenalaistamaan rahan
olemassaoloa. Kunnilla hoidettiin yhteydenpito
hyvin pitkälle 2000-luvun alussa jo sähköpostilla,
mutta valtiolla se oli vielä lapsen kengissä. Tun-
tui siltä, että heille faksin käyttö oli jotain aivan
uutta ja ihmeellistä.

Sinnikkäästi Hanna päätti oppia valtion talou-
denhoidon periaatteet ja oppikin ne perusteelli-
sesti kantapään kautta. Kovin ihmeellisiä ne eivät
loppujen lopuksi olleet, mutta kuitenkin erilaiset
kuin kunnilla. Huolimatta korkeammasta palkas-
ta hän oli alkanut mielessään miettiä mitä tehdä
sitten kun vuoden virkavapaus alkaa lähestyä
loppuaan. Vietettyään monta unetonta yötä asiaa
miettiessään valtionhallinnon puolesta puhui
huomattavasti parempi palkka ja jos suoraan
sanotaan niin myös huomattavasti helpommat
tehtävät. Negatiivisena asiana hän koki henkilös-
tösuhteet, sillä kirjanpitäjä oli päättänyt olla an-
tamatta anteeksi sitä, että Hanna oli valittu vir-
kaan eikä häntä. Tosin Hanna ei vieläkään ym-
märtänyt miten se voi olla hänen vikansa. Kun-

nan vaakakupissa painoivat mielenkiintoiset haastavammat työt ja mukavat lähimmät työkaverit, negatiivisena hän koki huonon palkan ja eräiden henkilöiden nuivan asenteen. Lopulta kun ratkaisun aika koitti, hän sanoi itsensä irti valtiolta ja päätti siirtyä takaisin entisiin tehtäviin kaupungille.

Kokemukset valtiolla olivat sen verran negatiiviset, että hän ajatteli sen kiinnostavan jotain ja mietti pitkään kenelle kertoisi kokemuksistaan. Lopulta hän päätyi kirjoittamaan kirjeen valtiontalouden tarkastusviraston tarkastajalle ja lähetti pitkän kertomuksen kokemuksistaan, mutta ei saanut koskaan vastausta.

Valtiolla vietetty vuosi oli siinä mielessä erittäin hyödyllistä aikaa, että tuona aikana Hanna ehti perehtyä Excel-järjestelmään ja opetella sen käytön. Ajoittain töitä oli ollut niin vähän, että hän ei kestänyt istua toimettomana. Niinpä hän hankki Excelin käyttöoppaan ja opetteli käyttämään sitä sen kaikkine hienouksineen. Tästä taidosta oli myöhemmin suuri hyöty.

Paluu

Elämä taloustoimistossa ei ollut muuttunut miksikään sitten lähdön vuotta aikaisemmin, mutta ikäväkseen Hannalle ilmoitettiin, että paluuta entisiin työtehtäviin ei enää ollut. Hän ihmetteli asiaa kovasti, olihan kaupungin henkilöstöperiaatteissa maininta, että vuoden virkavapaus on subjektiivinen oikeus kaikille niille, jotka ovat palvelleet kaupunkia vähintään 10 vuotta. Talousjohtaja oli ilmeisesti syvästi loukkaantunut hänen lähdöstään ja siitä, ettei hän ollut välittänyt hänen tarjouksestaan vuotta aikaisemmin harkita työtehtäviä ja palkkaa uudelleen. Kysymyksessä oli kuitenkin ollut vain lupaus harkita, ei suoranainen lupaus muuttaa mitään. Tekemistä hänelle kyllä järjestettiin, mutta hän koki olevansa vähän kuin tyhjän päällä. Virkanimike ja palkka olivat samat kuin ennenkin, mutta tehtävät olivat erilaiset, liittyivät toki taloushallintoon. Ei hän sen kummemmin alkanut protestoida, teki mitä häneltä odotettiin ja sillä siisti. Hän päätti kuitenkin että entiseen työtahtiin ei enää palaa, illat ja viikonloput ovat vapaa-aikaa ja jos hänelle maksetaan palkkaa vain virkaehtosopimuksen mukaisista tunneista, niin vain ne hän tekee.

Eräs ekonomeista oli päättänyt muuttaa pois paikkakunnalta, joten hänen paikkansa tuli avoimeksi. Sattumalta Hanna oli paikalla kokouksessa, jossa tätä irtisanoutumista ja seuraajaa pohdittiin. Talousjohtaja oli valmistellut asiaa jo mielessään ja ajatellut kysyä kaupungilla toisaalla töissä olevalta hiljattain valmistuneelta henkilöltä halukkuutta siirtyä taloustoimistoon töihin. Hannan silmissä kipinöi kun hän ajatteli, että aikooko ne taas sivuuttaa minut ja ottaa toisen henkilön kyseiselle paikalle. Hyvin hillitysti hän esitti kysymyksen, että miksi minua ei voisi siirtää tähän virkaan. Hannalle jäi epäselväksi oliko talousjohtajan mielessä edes käynyt moinen mahdollisuus, mutta lopulta päädyttiin ratkaisuun, että Hanna siirtyisi kirjanpito-osastolta taloussuunnitteluosastolle taloussuunnittelija tehtäviin.

Taloussuunnitteluosasto oli saman viraston alainen osasto, jossa valmistellaan kaupungin talousarvio ja tehdään pääosin tilinpäätöksen toimin-

takertomus. Sen henkilövahvuus oli vaatimatto-
mat 3 henkilöä, talousarviopäällikkö, taloussih-
teeri ja taloussuunnittelija. Vuosien varrella
Hanna ei ollut kovin paljon ollut tekemisissä
taloussuunnitteluosaston henkilöiden kanssa,
sillä he istuivat erillään muusta virastosta. Hän
oli kuitenkin huomannut, että hänen persoonan-
sa ei kovasti heitä miellyttänyt. He sen sijaan
sopivat täydellisesti kaupungin virkamiehen ima-
goon, tekivät kaiken niin kuin aina ennenkin oli
tehty, eivätkä esittäneet poikkeavaa mielipidettä
ylempiään kohtaan.

Niin Hanna alkoi siirtää tavaroitaan taloussuun-
nitteluosastolle ja jo toisena päivänä sai kokea
hyvin epämiellyttävän tilanteen, joka vaikutti
koko hänen loppuaikaansa kaupungin palveluk-
sessa. Ollessaan järjestämässä tavaroitaan talous-
sihteeri ilmestyi hänen huoneeseensa, ei suin-
kaan toivottamaan Hannaa tervetulleeksi, kuten
hän pienen hetken kuvitteli, vaan ilmaistakseen
mielipiteensä hänen sinne siirtymisestä. Hän
seisoi Hannan työpöydän ääressä ja lausui sanat,
jotka syöpyivät syvälle Hannan mieleen: "Saa
nähdä kuinka meillä alkaa täällä mennä nyt kun

sinä siirryt tänne. Me emme ole tottuneet tuollaiseen ihmiseen kuin sinä olet". Hanna oli niin kertakaikkisen hämmästynyt kuulemastaan, ettei saanut sanaakaan suustaan.

Itsekseen hän mietti silloin ja on miettinyt lähes päivittäin sen jälkeen millainen hän oikein on. Hän teki työt, joita hänelle tehtäväksi annettiin, mahdollisimman hyvin, pyrki kehittämään töitä niin, että turhaa työtä ei tehtäisi ja ilmaisi mielipiteensä selvällä suomen kielellä. Se ei kuitenkaan riittänyt, hän oli vääränlainen ihminen. Millainen ihmisen pitäisi olla, että hän olisi oikeanlainen? Onko jossain määritelty millainen on oikeanlainen ihminen? Pohdinnoissaan Hanna tuli siihen tulokseen, että kunnalla töissä oleva oikeanlainen ihminen on sellainen, joka ei kyseenalaista mitään, tekee kaiken niin kuin aina ennenkin on tehty eikä esitä minkäänlaista kritiikkiä mistään. Sellaiset henkilöt, jotka täyttävät nuo kriteerit pääsevät etenemään kunnallishallinnossa pitkälle.

Vääränlaisen ihmisen taakka vaivasi Hannaa alussa lähes päivittäin, mutta jotenkin hän sopeutui olemaan se vääränlainen ihminen, muutakaan vaihtoehtoa kun ei ollut. Suurena apuna asiassa oli viraston päällikkö, joka aisti, että Hannaa ei otettu osastolle innostuneesti vastaan. Kerran Hanna mainitsi päällikölle saamastaan kommentista ja silloin päällikön suhtautuminen asiaan oli ollut hyvin ymmärtäväinen ja hän oli luvannut tehdä parhaansa että Hanna sopeutuisi osastolle. Ensimmäiset vuodet siellä sujuivat loppujen lopuksi yllättävän hyvin, kiitos siitä kuului vain ja ainoastaan päällikölle, joka osasi johtaa töitä niin, että Hanna tunsi olevansa tärkeä osa kokonaisuutta jolla oli yhteinen päämäärä. Hanna oivalsi päällikön viisauden ja taitavan johtamisen taidon vasta tämän viimeisinä virkavuosina ja oli todella murheissaan kun tuli se hetki, että päällikön oli aika siirtyä eläkkeelle.

Uusi päällikkö

Talousjohtajan virkaa pidettiin siinä määrin tärkeänä, että hänen seuraajansa palkattiin jo vuotta aikaisemmin ennen entisen eläkkeelle jäämistä. Uusi talousjohtaja poikkesi kaikin tavoin siitä, mihin oli totuttu runsaan 20 vuoden aikana. Tosin tämä muutos ei näkynyt heti, sillä kuten yleensä kaikilla johtavilla viranhaltijoilla, niin myös hänellä oli puolen vuoden koeaika. Tämän puolen vuoden aikana uuden päällikön käytös oli äärimmäisen ystävällistä ja mukavaa kaikkia kohtaan. Voisi sanoa, että hän tuntui erittäin hauskalta esimieheltä. Eri asia sitten on tarvitseeko esimiehen olla hauska. Aamuisin hän esimerkiksi istui "tavallisten" kanssa kahvilla ja jutteli mukavia, tapa johon ei ollut totuttu. Puolen vuoden koeajan päättymisen jälkeen päällikön tyyli alkoi pikku hiljaa muuttumaan. Varsinkin Hanna koki, että muutos ei tapahtunut parempaan suuntaan.

Edellinen talousjohtaja oli ollut päällikkö, jolta kuka tahansa saattoi kysyä neuvoa missä tahansa asiassa, mutta uuden talousjohtajan asenne oli sellainen, että hän koki olevansa vain ja ainoastaan osastojen esimiesten esimies, muilla ei ollut asiaa hänen puheilleen. Taloussuunnitteluosasto, jossa Hanna työskenteli, oli suoraan talousjohtajan alainen, joten hän oli sen esimies, mutta syystä tai toisesta hän ei kokenut olevansa sitä. Kerta toisensa jälkeen Hanna joutui toteamaan, että heidän osastollaan ainoastaan talousarviopäällikkö oli se, jonka kanssa hän halusi olla tekemisissä. Asiassa ei olisi ollut mitään ongelmaa jos osasto olisi organisoitu siten, että sitä johti talousarviopäällikkö. Talousarvion ja tilinpäätöksen laadinnassa tuli usein vastaan asioita, jotka suunniteltiin tehtävän tietyllä tavalla ja näistä asioista talousjohtaja keskusteli ainoastaan talousarviopäällikön kanssa. Olihan päällikkö uusi ja halusi muuttaa asioita tehtäväksi omalla tavallaan. Valitettavasti nämä suunnitelmat ja uudistukset hyvin harvoin kantautuivat Hanna korviin.

Uskollisena osaston imagolle hän teki työnsä niin kuin tiesi tehdyn vuosia, sillä hän oli päättänyt muuttaa taktiikkaa ja olla kyseenalaistamatta enää mitään työtapoja, tai ainakin hän yritti tehdä niin. Oli suorastaan ärsyttävää, kun jonkun työn valmiiksi saatuaan hänelle ilmoitettiin, että se on päätetty tehdä toisin. Jos rohkeni ilmaista mielipiteensä ja kysyä "miksi minulle ei ole puhuttu asiasta mitään", vastauksena oli paljon puhuva hiljaisuus tai kysymys: "Miksi et ole kysynyt" tai "luulin sinun tienneen". Miten ihmeessä hän olisi osannut mennä kysymään tai miten olisi voinut tietää asiasta josta hänelle ei ollut kerrottu, hän ajatteli. Kolmen hengen osasto on niin pieni, että ei luulisi tulevan informaatiokatkoksia eikä olisi ollut suuri vaiva kutsua häntä paikalle viereisestä huoneesta kun asioista päätettiin.

Entisen päällikön tapoihin kuului pitää johtoryhmän kokouksia, osastokokouksia ja erilaisia palavereita. Niitä oli jopa niin paljon, että joskus tuntui kuin koko työaika olisi kulunut pelkästään niissä istumiseen. Myöhemmin Hanna oivalsi näiden osastokokousten ja palaverien merkityksen, sillä niissä keskusteltiin ja sovittiin työtavoista ja tavoitteista ja kaikki niihin osallistuneet saivat tiedon asiasta. Osallistujat velvoitettiin kertomaan käsitellyistä asioista alaisilleen ja näin tieto saatiin kulkemaan kaikille. Valitettavasti käytäntö ei virastossa enää jatkunut ja niinpä moni jäi vaille tietoa.

Uusi päällikkö muutti heti tätä järjestelmää ja johtoryhmä supistettiin vain joka osaston päällikköön. Aluksi näissä kokouksissa sai olla mukana myös henkilökunnan edustaja, mutta pian hänen läsnäolonsa koettiin tarpeettomaksi ja sen jälkeen tavallisilla työntekijöillä ei ollut mitään tietoa kokouksien sisällöstä eikä niissä käsitellyistä asioista. Henkilökunnan edustajana Hanna istui pari kertaa näissä kokouksissa, mutta koki läsnäolonsa niin alentavaksi, että pyysi saada jäädä niistä pois. Asioista keskusteltaessa oli tapana kysyä osallistujien mielipidettä, mutta henkilökunnan edustajan mielipidettä ei haluttu kuulla. Hän istui siellä kuin kouluun tutustuva esikoululainen, sai syödä mitä tarjottiin, mutta hiljaa piti olla. Ei sopinut hänen luonteelleen.

Yleensä jokaisella työpaikalla ja osastolla voidaan sanoa olevan jonkinlainen "henki". Hannan osastolla, joka oli muusta virastosta sivussa, ei ollut minkäänlaista henkeä. Koskaan sinne siirtymisensä jälkeen hän ei kokenut kuuluvansa mihinkään ja ainut sosiaalinen kontakti päivittäin hänelle olivat kahvitauot, jotka hän vietti toisaalla virastossa entisten työkavereitten kanssa. Hänen omalla osastollaan kukaan ei puhunut hänelle mitään, ei ilmoittanut menemisistään tai tulemisistaan, hän oli heille kuin ilmaa. Yleensä sivistyneisiin tapoihin voisi laskea kuuluvan esim.

sen, että työyhteisön jäsenet tietävät jos joku lähtee pariksi päiväksi koulutukseen tai kun jäädään lomalle, mutta näistä asioista ei kukaan yleensä maininnut. Hän saattoi päätellä asian vasta siitä, että kyseinen henkilö ei ilmestynyt töihin tai kysyttyään asiasta viraston sihteereiltä. Suorastaan idioottimaiselta tuntui vastata heidän puhelimeensa ja ilmoittaa, että kyseinen henkilö ei ole vielä tullut töihin ja pyytää soittamaan myöhemmin uudelleen. Myöhemmin hän saattoi sitten vain ilmoittaa, että kyseinen henkilö on lomalla tai koulutuksessa.

Lukemattoman monet ovat ne kerrat, kun Hanna töistä lähdettyään ajoi kotiin silmät kyynelissä, sillä hän ei kerta kaikkiaan voinut ymmärtää miksi häntä ei hyväksytty ja mikä hänestä teki niin vääränlaisen ihmisen jota sai kohdella miten haluaa. Monta kertaa Hanna harkitsi ottavansa yhteyttä pääluottamusmieheen tai työterveyteen, mutta tuli aina siihen tulokseen, että ei siitä kuitenkaan mitään hyötyä olisi.

Työssä jaksaminen

Kaupungin henkilöstöpolitiikkaan kuului työyhteisökyselyn järjestäminen joka toinen vuosi. Kyselyyn vastattiin anonyymisti, ainoastaan viraston nimi ilmoitettiin. Lomakkeella tiedusteltiin viraston henkilöstöpolitiikasta, esimiestaidoista, työyhteisön ilmapiiristä ja mahdollisesta työpaikkakiusaamisesta. Lopuksi lomakkeella oli ns. vapaa sana, jossa anonyymisti sai sanoa mielipiteensä omasta virastostaan ja toisessa kohdassa kysyttiin oliko vastaaja tuntenut joutuneensa työpaikkakiusaamisen kohteeksi. Vapaaseen sanaan Hanna ei koskaan kirjoittanut mitään, mutta kiusaamis-kysymykseen hän vastasi muutamana vuotena "kyllä" ja niin oli vastannut muutama muukin, kaiken kaikkiaan n. 10 % viraston henkilöstöstä koki tulleensa kiusatuksi.

Henkilöstöosaston laatimissa ohjeissa oli, että kiusaamistapauksissa viraston on ryhdyttävä välittömästi toimiin ja selvitettävä asia. Valitettavasti ohjeissa ei ollut mainittu aikataulua missä ajassa toimiin on ryhdyttävä eikä kyselyjen tuloksia ilmeisesti valvottu mitenkään vaikka ne hen-

kilöstöosastolle tiedoksi menivätkin. Päällikön
kanta niin vapaa sana kommentteihin kuin kiu-
saamisasiaan oli yksikertainen: jokainen katso-
koon peiliin, se riittää meidän viraston kannan-
otoksi asiaan ja vapaassa sanassa lausutut kom-
mentit ovat vain tiettyjen henkilöiden omia mie-
lipiteitä, ei koko viraston. Sen käsityksen kaikes-
ta sai, että se, joka tunsi tulleensa kiusatuksi, oli
siihen itse syypää ja omia mielipiteitä ei kenellä-
kään saanut olla, ei ainakaan, jos ne olivat kieltei-
siä.

Perin erikoista asiassa oli, että ne kysymykset
vuodesta toiseen lomakkeilla olivat samoja eikä
niitä ollut muutettu esim. tyyliin: "Mitä muutok-
sia koet virastossasi tapahtuneen edellisen kyse-
lyn jälkeen?" Ihan tuli mieleen muinainen
Neukkula ja sen vaalit, joissa oli ehdokkaita vain
yhdestä puolueesta ja joita kansa uutisoinnin
mukaan kävi innolla äänestämässä, Hanna ajatte-
li. Poikkeuksena vain oli se, että kaupungilla
vastaajat eivät saaneet vastaamisesta palkkioksi
voipakettia tai mitään muutakaan hyvää. Toisaal-
ta ei kukaan kärsinyt puutetta, joten sellainen

palkkio ei olisi kannustanut vastaamaan työnantajaa mielistelevästi. Kiusaamisasiasta henkilöstöohjeessa oli virastoille annettu ohjeeksi lisäksi järjestää henkilöstölle mahdollisuus kertoa asiasta ns. luottohenkilöille, Hannan virastossa heitä oli kaksi. Ei tullut koskaan tietoon oliko joku joskus ollut heidän puheillaan, mutta näitä luottohenkilöitä miettiessään Hanna oli sitä mieltä, että hän ei olisi voinut kuvitellakaan menevänsä kertomaan heille tuntemuksistani. Tosin heidät aivan ilmeisesti oli jossain kokouksessa enemmistön äänillä tehtävään valittu.

Kunnallisia ihmeellisyyksiä

Kuntien taloudenhoidossa alettiin 2000-luvulla käyttää ns. tilaaja-tuottaja mallia, jonka käyttöönottoa Hanna ei vielä tänä päivänäkään ymmärrä. Mallilla tarkoitetaan sitä, että joku kunnan organisaatio tilaa toiselta kunnan organisaatiolta sellaisia tehtäviä, jotka kuuluvat tilaajan toimialaan ja maksaa tehtävien tekijälle siitä. Ei tietenkään rahalla, vaan sisäisesti laskuttaen, joten silloin kyseisen toiminnan kustannukset ovat kaksinkertaisena kunnan budjetissa, ulkoisena menona tuottajalla ja sisäisenä menona tilaajalla sekä sisäisenä tulona palvelun tuottajalla. Innokkaimmin tilaaja-tuottajamallia sovellettiin teknisessä toimessa, johon perustettiin mitä ihmeellisimpiä organisaatioita; oli tilaajaorganisaatio ja siellä tietenkin päällikkö esikuntineen, joka vastasi tilaajana siitä että tarvittavat työt tilataan tuottajilta, johon vastaavasti perustettiin tuottajaorganisaatio päälliköineen ja esikuntineen tuottamaan palvelut tilaajalle. Idean isä oli joku insinööri, kukas muuten.

Uusien organisaatioiden myötä jouduttiin tietenkin myös varsinaiset työntekijät organisoimaan uudelleen. Valitettavasti siinä kävi niin, että jäi ns. ylijäämähenkilöstö, jota kukaan ei halunnut omaan organisaatioonsa. Tässä joukossa oli monia ikääntyneitä kaupunkia vuosikymmeniä palvelleita työmiehiä, joiden työteho ei enää ollut kovin tuottava, mutta ikää ei vielä ollut riittävästi eläkkeelle jäämiseen. Kiitokseksi kymmenien vuosien palveluksesta heidät siirrettiin sivuun ja annettiin ymmärtää, että he olivat ei-toivottu välttämätön paha. Eräskin vanhempi mieshenki-

lö oli huolestuneena kysynyt tulevista työtehtä-
vistään ja huhun mukaan häntä oli kehotettu
menemään vaikka vanhainkotiin mummoja ta-
luttamaan. Työmies oli tehnyt tästä syystä oman
ratkaisunsa ja päättänyt lopettaa maallisen vael-
luksensa.

Palavereissa istuivat insinöörit, teknikot ja viras-
ton talouspäällikkö innoissaan kuin pikku pojat
hiekkalaatikolla laskemassa mitä kaikkea voivat
sisäisesti laskuttaa ja minkälaisia kustannuksia
sisällyttää laskuihin ja kuinka paljon katetta kus-
tannuksiin lasketaan päälle. Talousarvioon bud-
jetoitiin määrärahoja tilaajalle, että se voi maksaa
samaisen teknisen osaston toiselle organisaatiolle
sen tuottamista palveluista. Aivan siinä alkoivat
teknisen osaston seinät pullistella kun väkeä piti
palkata että saatiin tämä mahtava Afrikan-tähti
rahalla toimiva uusi ja hieno insinöörien luoma
organisaatio pyörimään.

Konkreettista hyötyä tämän mallin käyttöön-
otosta ei kukaan koskaan löytänyt, aikaisemmin
samaisella teknisellä osastolla samat työt oli hoi-
dettu ilman suurempia ongelmia, mutta nyt näi-

den palvelujen tuottamiseen tarvittiin kaksinker-
tainen organisaatio ja lopputulos oli sama kuin
ennenkin. Tuottajaorganisaatiolle tästä mallista
oli kuitenkin se hyöty, että siellä alettiin maksaa
tulospalkkioita. Olivat olleet niin pirun tuottavia
laskuttaessaan sisäisesti tilaajia Afrikan-tähti ra-
halla ja pystyivät osoittamaan kuinka paljon
enemmän tuloja olivat saaneet kuin oli talousar-
vioon ennalta arvioitu.

Henkilöstöosastolle lähetettiin tulospalkkioso-
pimukset tarkastettaviksi ja sieltä annettiin siu-
naus tulospalkkioiden maksamiseen ja kiiteltiin
vielä hyvin tehdystä työstä. Kekseliäisyydellä ei
ollut rajoja kun huomattiin, että budjettiin kirjat-
tavat sisäiset tulot mahdollistavat tulospalkkioi-
den maksun. Huhuttiin, että esim. kadunraken-
nustyömaan hiekka oli ollut kipattuna jonkin
aikaa toisen organisaation hallussa olleelle jou-
tomaalle ja tästä hyvästä oli keksitty laskuttaa
katupuolta vuokrasta ja näin saatu ylimääräisiä
sisäisiä tuloja talousarvioon ja tietenkin se nosti
laskuttajan tuloja ja mahdollisti näin tulospalkki-
ot. Tilaajan talousarvio tietenkin vastaavasti ylit-
tyi, mutta kustannusten nousulle ei voinut mi-

tään. Mahtoiko kukaan edes koskaan ajatella asiaa siltä kannalta, siitä ei ole tietoa.

Puskaradio kertoi, että eräässä toisessa laitoksessa oli mennyt työn tekemisen kannalta tärkeä kone rikki vuoden loppupuoliskolla. Uutta laitetta ei voitu kuitenkaan hankkia, kun se oli sen verran kallis, että tulos olisi mennyt niin huonoksi, että kaikki laitoksen työntekijät olisivat jääneet ilman tulospalkkaa. Tarina ei kerro olivatko työntekijät kuluttaneet loppuvuoden peukaloitaan pyöritellen. Tulospalkkiot heille kuitenkin silloin maksettiin.

Muutaman vuoden hiekkalaatikolla leikkimisen jälkeen tilaaja-tuottajamalli teknisellä osastolla todettiin huonoksi ja se päätettiin purkaa. Määrärahoja jouduttiin laskemaan moneen kertaan uudelleen, että kaksinkertaisesti budjetoidut menot saatiin menomäärärahoista pois ja vastaavasti myös sisäiset tulot. Vuosien varrella tästä sisäisestä laskutuksesta oli tullut niin monimutkainen hämähäkin verkko, että loppujen lopuksi kukaan ei pystynyt varmuudella sanomaan saatiinko kaikki määrärahat pois. Henkilöstövahvuuteen kukaan ei puuttunut, kaikki jäivät kaupungin palvelukseen vaikka työt mitä ilmeisimmin olivat vähentyneet. Tulospalkkioiden maksu teknisellä osastolla ei kuitenkaan loppunut vaikka tilaaja – tuottaja malli purettiin. Se jatkui vakiintuneena käytäntönä aina siihen saakka kunnes kaupungin talous oli niin huonossa jamassa, että niiden maksaminen lopetettiin toistaiseksi. Teknisen osaston henkilökunta oli tästä tulospalkkojen maksamisen lopettamispäätöksestä niin tuohtunut siitä päättäneisiin henkilöihin, että uhkasivat viedä kaupungin asiasta oikeuteen. Ei asia ilmeisesti koskaan oikeuteen asti mennyt, heille oli mitä ilmeisimmin selvitetty rahan puute tyyliin "vaikka olisi kuinka suuren talon poika, mutta kun ei ole rahaa, niin ei ole rahaa". Olisi ollut kohtuutonta maksaa tulospalkkaa jos kaupungin vuositulos oli muutaman miljoonan negatiivinen. Ne, jotka työskentelivät virastoissa joilla ei ollut omia tuloja, olivat luonnollisesti olleet suorastaan kateellisia siitä, että toiset virkamiehet saivat joulukuussa ylimääräisen bonuksen. Mutta niinhän asianlaita valitettavasti on, että tasan ei käy onnen lahjat.

Kuntien teknisen osaston henkilöstöä kuvaa osuvasti
seuraava kuva:

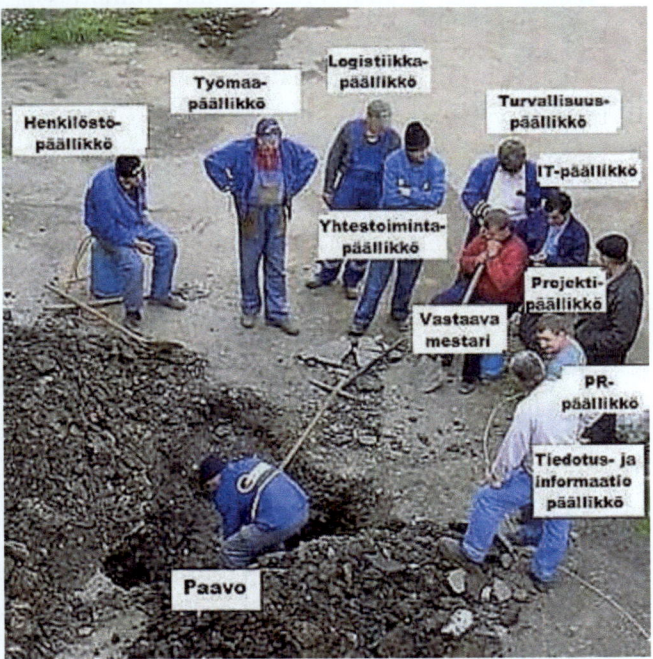

Kehityspäällikköä kuvassa ei näy – olisiko sairaslomalla samoin kuin projektikoordinaattori. Työhyvinvointipäällikkö ja työhyvinvointikoordinaattori lienevät koulutuksessa. Saattaa olla että piakkoin kunnan rahanpuutteen takia Paavo joudutaan lopulta lomauttamaan tai peräti irtisanomaan.

Taloustoimistossa tulospalkkiot otettiin puheeksi päällikön kanssa, mutta hän ei ollut ymmärtävinään asiaa. Huhu kertoi, että hän oli itse saanut kaupunginjohtajan myöntämän bonuksen, joten hän oli tyytyväinen. Se siis niistä tulospalkkioista. Hanna oli sitä mieltä, että tulospalkkioiden maksu kunnallisella sektorilla on hyvin kyseenalaista niin kauan kunnes alalle saadaan luotua sellaiset mittarit ja tunnusluvut, joilla uskottavasti voidaan todeta, että bonukset ovat oikeutettuja. Lisäksi perin erikoista oli se, että bonus maksettiin kaikille kyseisten laitosten työntekijöille riippumatta siitä oliko heidän työnsä ollut tuottavaa vai ei. Bonuksen maksamisen ainoa kriteeri ei hänen mielestään saa eikä voi olla Afrikan-tähti rahalla kasvatettu hallintokuntakohtainen tulos. Lisäksi kunnallisten virkamiesten kohtelu ei voi olla niin epätasa-arvoista, että vain joillain aloilla bonusten maksaminen on mahdollista. Ahkeria työntekijöitä ja virkamiehiä on takuulla sellaisillakin aloilla, jotka eivät voi laskuttaa työstään.

Lisää ihmetystä Hannassa aiheutti kunnan talousarvion määrärahojen hyvin tarkkarajainen noudattaminen. Määrärahojen käyttöä ei nimittäin tarkastella lainkaan järjen näkökulmasta. Esimerkiksi koulupuolen määrärahoja leikattaessa aloitetaan säästöt luonnollisesti sieltä, mistä helpointa on eli lopetetaan kouluavustajien työsuhteet. Heidän palkkansa kun ovat niin suuret, että yhden kouluavustajan irtisanomisesta kunnan kassaan kilahtaa helposti ainakin 30 tuhatta euroa vuodessa. Valitettavasti sellaisia oppilaita on joka kunnassa, jotka tarvitsevat huomattavasti enemmän ohjausta kuin mitä opettaja yksin luokassa pystyy antamaan. Sitten kun tilanne kärjistyy tarpeeksi pahaksi, ei auta muu kuin hakea oppilaalle apua ulkopuoliselta laitokselta tai erikoissairaanhoidosta, joissa oppilaan sijoitus maksaa satoja euroja vuorokausi.

Hanna kuuli näin tapahtuneen eräässä kunnassa, kun ongelmanuorten auttamiseen erikoistunut työntekijä oli sanonut koulun rehtorille, että hoidon hinnalla olisi kouluun voitu palkata monta kouluavustajaa. Rehtorin vastaus oli ollut, että määrärahat siihen tarkoitukseen ovat kunnassa eri momentilla eikä niitä voi käyttää kouluavustajien palkkaamiseen. Kunnat siis maksavat mieluummin kalliita vuorokausihintoja laitoksiin kuin palkkaavat kouluavustajia. Herää kysymys onko touhussa mitään järkeä.

Erilaisia virkamiehiä

Johtavassa asemassa olevia

Viimeisinä 15 vuotena Hanna toimi taloustoimessa asiantuntijatehtävissä ja oli pääasiassa tekemisissä eri laitosten taloudesta vastaavien talouspäälliköiden kanssa. Kaupungilla oli tietenkin melkein joka virastossa oma talouspäällikkö, suurimmissa oli oma talousjohtaja. Hanna mielikuvan nimikkeestä talouspäällikkö tai talousjohtaja oli sellainen, että tämän vastuulla on hyvin pitkälle huolehtia rahojen riittävyydestä ja muutenkin vastata itsenäisesti talouden pidosta. Mutta ei, kunnilla tämä ei toimi näin. Talouspäälliköiden ei tarvitse koskaan murehtia sitä onko kassassa varaa maksaa laskut, heidän ei koskaan tarvitse ottaa lainaa tai muitakaan vippejä pankeista kassatilanteen parantamiseksi, sen tekee talousviraston kassanhoitaja (tai millä nimikkeellä hän sitten onkin) yhteistyössä kaupungin talousjohtajan kanssa. Hallintokuntien talo-

uspäälliköiden tehtävä kunnissa on laatia budjet-
ti, joka aina ylittä sen mitä on ohjeeksi annettu,
valittaa kovaa kiirettä eikä koskaan tehdä ajoissa
sitä mitä taloustoimisto on pyytänyt. Ja var-
memmaksi vakuudeksi vielä moittia taloustoi-
mistoa kaikesta, jos ei muuta keksi niin ainakin
huonoista atk-ohjelmista.

Taloustoimisto halusi vuosittain 3 – 4 kertaa
selvityksen talouden tilasta ja talouspäälliköiden
tehtäväksi annettiin laatia ennuste siitä miltä
heidän oman hallintoalueensa tulos näyttää vuo-
den lopussa kun tilinpäätös tehdään. Jostain
syystä näiden ennusteiden laatiminen meni vuo-
desta toiseen enemmän tai vähemmän pieleen.
Hannan mielestä oli suorastaan käsittämätöntä
miten esim. henkilökunnan palkkojen arvioimi-
nen voi olla ylivoimainen tehtävä. Olkoon lai-
toksen palveluksessa sitten 50 tai 300 henkilö
niin jokaisen kuukausipalkka on tiedossa ja
mahdolliset vuorolisät tiedossa, ei siinä tarvittaisi
kuin laskutaitoa, että osaa laskea loppuvuoden
palkat. Ennusteen laatimiseen oli aikaa vähintään
viikko siitä kun sitä pyydettiin ja useimmiten
Hanna tiesi jo etukäteen kuka ei ollut ehtinyt

kovalta kiireeltään ennustettaan laatia ja pyysi lisäaikaa. Lisäajan päätyttyä ennuste vihdoin oli valmis, mutta hyvin harvoin sen oikeellisuuteen saattoi luottaa. Joskus kävi niin, että pitkän ja ankaran ahertamisen jälkeen ennuste lopulta tuli ja kun sitä tarkemmin katsoi, oli tultu siihen lopputulokseen, että joulukuun viimeisenä päivänä talous on toteutunut sentilleen yhtä paljon kuin talousarviossa oli määrärahaa. Tosielämässä niin ei tapahtunut koskaan.

Talousarvion määrärahojen ylittäminen oli hallintokunnilta luonnollisesti kielletty, mutta usein kävi niin, että vuoden lopussa määrärahat oli ylitetty. Syy ei silloin suinkaan ollut talouspäällikön mielestä hänen huonon taloudenpitonsa vaan se, että määrärahat olivat olleet liian pienet ja siihen selitykseen oli tyytyminen. Kuka olikaan pienentänyt talouspäällikön tekemää talousarvioesitystä? Taloustoimisto tietenkin, joten syyttäkööt itseään kun määrärahat ylittyivät, turha siitä heille on valittaa.

Excel-ohjelman osaaminen olisi Hannan mielestä ollut ehdoton edellytys kaikille talousasioiden

kanssa tekemisissä oleville ja hän oli kovin tyyty-
väinen, että valtiolla ollessaan oli opetellut oh-
jelman käytön perusteellisesti. Valitettavan usein
hän törmäsi siihen, että ohjelman alkeellisinkaan
osaaminen ei ollut taloudesta vastaavien hallussa.
Hän sai taulukoita, joihin oli syötetty lukuja,
mutta yhteenlasku oli tehty laskukoneella ja
summa syötetty käsin. Hanna tarjoutui pitämään
Excelin alkeiskursseja taloushenkilöstölle, mutta
kukaan ei ollut kiinnostunut asiasta. Käsittämä-
töntä oli hänen mielestään sekin miten nykypäi-
vänä voi olla itseään talousalan ammattilaisena
pitäviä henkilöitä, jotka eivät osaa käyttää työtä
helpottavia ohjelmia.

Hanna mietti usein mielessään millaisia tehtäviä
yksityissektorilla kuuluu talouspäällikön tehtä-
viin. Ei hän tosin koskaan ollut päivääkään työs-
kennellyt yksityisellä sektorilla, joten siinä mie-
lessä hän oli jäävi, mutta epäili, että vastuu on
huomattavasti kovempi kuin kunnan palveluk-
sessa olevalla hallintokunnan talouspäälliköllä.
Palkkataso yksityisellä on varmaan parempi, niin
hän toiveikkaana ajatteli. Eivät ne kunnan talo-
uspäälliköiden palkat kovin pieniä olleet. Uteliai-

suuttaan Hanna oli ottanut selvää mitä tietyille talouspäälliköille maksetaan, varsinkin niille, joille hänen mielestään ei olisi kuulunut kovin paljon maksaa.

Hannalle ei koskaan selvinnyt sekään, miten jonkin tehtävän suorittaminen voi vaatia niin valtavan määrän esimiehiä. Ajatellaanpa nyt esimerkiksi vaikka isojen kuntien sosiaali- ja terveyspuolta, jota johtaa keskushallinnosta kyseiset alat vastuualueenaan toimiva johtaja, jonka alaisuudessa on kunnan sosiaalijohtaja. Sosiaalijohtajan alaisena toimii jokaisella eri sosiaalitoimen sektorilla (kotipalvelu, vanhustenhoito, vammaispalvelut, terveyspalvelut ym.) oma tulosaluejohtaja, jonka alaisuudessa työskentelee toimistopäällikkö, hänen alaisenaan joukko suunnittelijoita, koordinaattoreita, toimistosihteereitä ym. Ja sitten on sosiaalitoimen hallintopäällikkö, kehittämispäällikkö, talousjohtaja, jonka alaisuudessa toimii taloussuunnittelijoita, talousasiantuntijoita, taloussihteereitä jne.. Lisäksi sosiaali- ja terveystoimessa on oma henkilöstöpäällikkö, atk-päällikkö ja lakimies. Joskus tuntuu siltä, että päälliköt toisiinsa kompastuvat.

Luulisi kuntien henkilöstön voivan hyvin kun henkilöstöpäälliköitä on vähän joka puolella ja lisäksi on vielä keskushallinnossa oma henkilöstöpäällikkö, henkilöstöjohtaja, hyvinvointipäällikkö, työsuojelupäällikkö ym. mitä niitä nyt onkaan. Ei millään muista kaikkea, mutta kovasti on päälliköiden nimityksissä henkilöstöön satsattu. Viimeisimpänä sitten on se laitos, jossa hoidetaan lapsia, mummoja, vaareja ja sairaita ja joiden hoitaminen tulee aivan liian kalliiksi ja supistaa pitää vaipoista, ruuasta, hoitajien määrästä ja ihan kaikesta. Ja kaikista paras ratkaisu olisi tietenkin sulkea kyseinen laitos kokonaan ja siirtää mummot ja vaarit kotiinsa oman onnensa nojaan.

Päättäjien ja päälliköiden mielestä riittävää on jos kodinhoitaja kerran pari päivässä käy jakamassa lääkkeet ja kotipalvelu vie ruuan. Viis veisataan siitä, että mummo tai vaari on vähän muistisairas tai huonojalkainen ja yksinkertaisimmatkin arkiset askareet kuten ruuan syönti, peseytyminen tai WC:ssä käynti on ylivoimaista. Mummon ja vaarin suoriutumiskyky on käyty mittaamassa ja sen

on todettu olevan riittävä. Oli pukeutunut omin
avuin vaaditun ajan puitteissa ja osannut pitää
lusikkaa kädessään kun oli syönyt. Eikä se edes
näy ulospäin, että ne mummot ja vaarit siellä
kotonaan huonosti voivat. Eivät he lähde sosiaa-
livirastoon valittamaan kun eivät pääse liikku-
maan, mitä turhaa sellaisiin yhteiskunnan rahaa
tuhlaamaan. Onhan se nyt huomattavasti hie-
nompaa rakentaa kaupunkiin uusi jäähalli tai
jalkapallostadion. Se nostattaa kaupungin imagoa
muiden silmissä. Ties vaikka joku kuuluisuus
muuttaisi kaupunkiin kun siellä on niin moni-
puolinen urheilutarjonta. Päättäjien olisi hyvä
muistaa, että jonain päivänä he itse ovat niiden
vanhusten asemassa.

Eläkkeelle jäävänä Hanna on suorastaan huoles-
tunut omasta tulevaisuudestaan ja ajattelee kau-
hulla millaista tulee olemaan jos vaikkapa sairas-
tuu eikä pysty itsestään huolehtimaan. Laulun
sanoin Hanna hartaasti toivoo "Kun vain ter-
veenä kuolla saisin".

Ahneita virkamiehiä

Tekniseltä puolelta Hanna muistaa tapauksen, jossa työnjohtotehtävissä työskennelleellä henkilöllä oli oikeus käyttää omaa autoa työssään. Hänen autonsa oli mannemallin Mersu, jo parhaat päivänsä nähnyt. Eräänä vuotena tilintarkastaja oli tarkastanut ajopäiväkirjat ja kiinnittänyt huomiota kyseisen henkilön ajamiin km-määriin ja tullut siihen tulokseen, että ajaakseen niin pitkiä matkoja kaupunkialueella hänen on täytynyt ajaa vähintään 6 tuntia päivässä putkeen. Hänen esimiehensä ei tietenkään kovassa kiireessä ollut huomannut kiinnittää moiseen olemattomaan yksityiskohtaan mitään huomiota, oli vain laittanut nimen alle ja korvaukset maksuun. Ei asiasta sen kummempaa seurannut kuin että työnjohtajalta tilintarkastajan mieliksi yritettiin ottaa oman auton käyttöoikeus pois ja hankittiin kaupungille tuliterä auto, joka oli työnjohtajan käytössä. Tosi ikävää tietenkin työnjohtajalle, km-korvaus oli varmaan ollut mukava palkanlisä varsinkin kun ajamista oli ollut niin paljon. Kekseliäs työnjohtaja keksi kuitenkin hyvän keinon saada oman auton käyttöoikeuden takaisin. Hän alkoi valittaa että uuden auton istuin oli niin epämukava, että hänen selkänsä oli jatkuvasti kipeä ja hän joutui jäämään pitkille sairaslomille. Mersun istuin oli ollut ergonomisesti huomattavasti parempi. Eipä siis auttanut muu kuin palauttaa hänelle oikeus käyttää omaa autoa ja jatkaa kilometrikorvausten maksamista.

Ahkeria virkamiehiä

Kunnan kiinteistöpuolelle oli palkattu uusi työntekijä, joka päätti heti alussa näyttää taitonsa ja olla hyvin ahkera työssään. Tehtäväksi annettiin maalata kaupungin omistaman huoneisto. Riuskana miehenä hän tarttui työhönsä ja maalasi seiniä hyvin innokkaasti koska kuvitteli, että ahkeruus palkitaan. Ensimmäisen työpäivän iltapäivällä työnjohtaja oli tullut katsomaan miten uusi työntekijä oli suoriutunut annetusta tehtävästä. Innostus laantui merkittävästi, kun työnjohtajan ensimmäiset sanat työn tuloksen nähtyään olivat olleet: "Ei, ei, ei, et voi tehdä työtäsi noin nopeasti, tämän huoneiston maalaamiseen on laskettu menevän ainakin viikko".

Pakko siis oli hidastaa tahtia ja tehdä työ siinä tahdissa kuin sen oli laskettu valmistuvan.

Toinen tapaus liian ahkerasta työntekijästä oli kesätöihin kaupungin puistoihin palkattu koululainen, jonka vanhemmat Hanna tunsi. Ensimmäisenä työpäivänään tämä oli haravoinut vimmatusti puistoa, kerännyt roskia ja yrittänyt kaikin tavoin osoittaa olevansa palkkaamisen arvoinen työntekijä. Kahvitaukoakaan hän ei ollut malttanut pitää kun oli päättänyt saada päivän aikana paljon aikaan. Kesätyöpaikat olivat kiven alla ja seuraavana vuonnakin olisi kiva saada töitä. Ja ahkeruus palkitaan, niin hänelle oli kotona opetettu. Työnjohtaja oli seurannut tämän koululaisen tekemistä ja toisen työpäivän aamuna oli mennyt huomauttamaan, että "Ei täällä tuolla tavalla ole tapana hosua, vähemmälläkin pärjää. Työ loppuu kesken jos kaikki hosuvat."

Asiantuntijoita

Hannalle jäi vähän epäselväksi myös kiinteistöpuolen työntekijöiden työnkuva, eli se, mitä heidän tehtäviinsä ihan oikeasti kuului. Voisi kuvitella, että kiinteistöjen korjaus ja kunnossapito kuuluu kiinteistötoimen työntekijöille, mutta ei asia aivan niin yksinkertainen ollut. Hannalla oli asiasta omakohtaista kokemusta, sillä hänen työhuoneessaan oli eräänä vuonna erittäin epämiellyttävä haju ja luonnollisesti hän informoi tästä kiinteistöpuolta. Ei ollut erityisen miellyttävää istua suorastaan paskan hajuisessa huoneessa ja kun talvipakkasellakin oli pidettävä ikkunaa auki, oli huone lisäksi aika kylmä. Kiinteistöpuoli ei ensin reagoinut ilmoitukseen mitenkään, sitten muutaman huomautuksen jälkeen sieltä tuli työpartio ihmettelemään hajun alkulähdettä.

Olivat olevinaan kovin asiantuntevia pohtiessaan mistä haju tulee ja pitkän harkinnan jälkeen päätyivät sen tulevan ilmanvaihtokanavasta. Hanna oli jo asiasta ilmoittaessaan maininnut hajun tulevan nimenomaan sieltä. Ei asialle mitään tehty, todettiin vain, että ilmanvaihtokanava on joko yhteydessä suoraan viemäriverkkoon tai sitten kanavaan on joutunut esimerkiksi rotta, joka on kuollut sinne. Olivat sitä mieltä, että ilmanvaihtokanavan luukku pitäisi tukkia, mutta ilmeisesti tälle työpartiolle kuului vain kartoittaa ongelmat, sillä ei heistä kukaan sitä luukkua tukkinut eivätkä liioin ilmoittaneet asiasta kenellekään, joka olisi tullut luukun tukkimaan. Luukku pysyi auki eikä Hannakaan oikein tiennyt miten olisi saanut sen tukittua kolme metriä korkean huoneen katonrajassa, eikä se hänen mielestään edes hänen tehtäviinsä kuulunut. Ja millä hän sen olisi tukkinut, paperillako.

Löyhkän alkuperää pohtiessaan kuolleen rotan vaihtoehto tuntui työmiehistä oikealta, haju loppuisi muutaman viikon kuluttua. Mutta ei, löyhkä jatkui ja taas työpartio tuli muutaman huomautuksen jälkeen porukalla ihmettelemään mikä ihme siellä mahtoi haista. Lopulta Hanna menetti malttinsa ja sanoi työnjohtajalle, että jos hänellä kotona olisi yhtä saamaton mies kuin mitä kiinteistöpuolen miehet olivat, olisi hänen miehensä tehtävät jo ajat sitten ulkoistettu. Seuraavana päivänä työnjohtaja saapui paikalle työmiesten kanssa ja hajun alkulähdettä alettiin tutkia tarkemmin. Ja löytyihän se vika, seinäkotelossa lähellä ilmanvaihtokanavaa kulkeva viemäriputki vuosi ja aiheutti epämiellyttävän hajun kun viemärivettä tihkui putkistosta yli. Vuoto

tukittiin ja paskalta haisevat eristeet vaihdettiin.
Ei haissut enää. Hieman Hanna ihmetteli sitä,
että vuodon aiheuttamia vahinkoja rakenteille ei
tutkittu sen tarkemmin. Maalaisjärjellä ajatellen
niin olisi ehkä pitänyt tehdä.

Oli kaupungilla oikein erityinen sisäilmatyöryh-
mäkin perustettuna, mutta mikä sen tehtävä
mahtoi olla, siitä ei Hannalla ollut tietoa. Sen
mielestä hajuhaitta ei ilmeisesti ole sisäilmaon-
gelma. Saattaa sen sijaan olla, että jollakin virka-
miehellä oli joskus ollut töissä nenä tukossa tai
pää kipeänä ja niin sisäilmatyöryhmä ryntäsi asi-
antuntevana paikalle mittaamaan ilman mikrobe-
ja, vai mitä ne mahtavat olla, jotka saavat joiden-
kin ihmisten nenän tukkoon tai pään kipeäksi.
Viime vuosina sisäilmasta oli tullut oikein muoti-
ilmiö ja kaikki oireet laitettiin sen piikkiin. Eipä
silti, on niitä ihan oikeitakin homeongelmia ole-
massa, mutta ei se jokaiseen nuhaan ja päänsär-
kyyn voi syyllinen olla. Ja jos ihminen esimerkik-
si työpäivän aikana käy säännöllisin väliajoin
tupakalla ja samalla valittaa tukkoisesta nenästä
sisäilmaa, niin kyllä pitäisi käyttää maalaisjärkeä

ongelman ratkaisussa. Tai käydä ihmisten kotona katsomassa millainen sisäilma ja siivo siellä on.

Vähemmän ahkeria

Siivouksesta Hannan mieleen tulee tapaus kun virastotalossa päätettiin tehdä suursiivous, sillä vähän joka puolella valitettiin likaisesta työympäristöstä. Siivoojien työnkuvaan kun normaalisti kuului vain roskisten tyhjääminen ja silloin tällöin keskilattialta roskien lakaisu. Lattian pesu esimerkiksi ei kuulunut siivoukseen ja Hanna muistaa, että hänen huoneensa lattia oli pesty viimeisen runsaan 10 vuoden aikana vain pari kertaa. Ja siltä se myös näytti.

Suursiivouspäivä koitti viimein, mutta se oli sitten sitä tasoa, että siivooja 5 minuuttia huiskutti pölyhuiskulla pölyt katon rajasta ympäri huonetta ja ikkunan pesijä pesi ikkunat, mutta lattiaa ei pesty. Ihan hyvä oli, että edes ikkunat pestiin, sillä edellisestä pesusta oli ehtinyt vierähtää muutama vuosi ja päältäpäin katsottuna ne olivat jo todella pesun tarpeessa. Hannan huoneessa ikkunat ja ikkunalaudat olivat niin likaiset, että hän oli jo ajatellut itse käyttää yhden päivän niiden pesemiseen, mutta oli tullut lopulta siihen tulokseen, että se ei kuulunut hänen tehtävänkuvaansa eikä hän erityisemmin edes pitänyt ikkunan pesusta.

Ikkunanpesijät tulivat ja saivat työnsä valmiiksi, mutta kun Hanna tarkemmin työn tulosta katsoi, huomasi hän, että ikkunalaudalla ja väleissä oli edelleen sama pöly ja hiekka kuin ennen pesua. Ilmanvaihto kun toimi vain avaamalla ikkunan, niin arvata saattaa, että muutaman vuoden aikana kadulta nouseva hiekka ja pöly olivat saaneet ne aika saastaisiksi. Pesijöille asiasta huomautettuaan Hanna oli saamastaan vastauksesta enemmän tai vähemmän pölmistynyt. Pesijät nimittäin sanoivat, että heiltä oli tilattu vain ikkunan pesu, ei ikkunalautojen pesua. Se oli sitten sellainen suursiivous, pölyt pöydällä ja lattialla ja ikkunalaudat ja ikkunoiden välit hiekkaiset. Hyvä ettei ole tullut kotiin siivoojaa tai ikkunanpesijää tilattua vaikka se oli Hannan mielessä joskus käynyt. Vai olisivatko siivoojat kuitenkin erilaisia vapailla markkinoilla, jospa kyseessä on vain kunnallinen erityispiirre. Vähän kaikki tuntui kunnissa olevan eri tavalla kuin tavallisessa elämässä ja ne perusteltiin kunnallisina erityispiirteinä ja niitä erityispiirteitä oli Hannan mielestä vähän liikaa.

Miten mahdettaisiin yksityisellä puolella suhtautua päällikköön, jonka huolimattomuuden seurauksena työnantaja menettäisi huomattavan summan rahaa. Saattaa olla, että olisi pian entinen päällikkö. Mutta ei toki kunnalla. Jos esim. valtionosuushakemus projektiin myöhästyy tai jää kokonaan hakematta ei siitä kukaan sen suuremmin välitä. Se raha nyt vain jää kunnan kassasta puuttumaan, mutta kun se ei ole keneltäkään henkilökohtaisesti pois niin miksi siitä kovin kovaa meteliä pitäisi pitää. Suhtaudutaan vain että "So what, näin vain pääsi käymään". Hannan mielestä tuollaiset laiminlyönnit olivat anteeksiantamattomia ja sen hän lausui myös ääneen, mutta eipä olisi kannattanut. Sai taas kerran tuntea olevansa muottiin sopimaton.

Säästäväisiä virkamiehiä

Taloustoimiston virkamiehet eivät koskaan voineet ymmärtää miksi virkamiehiä yleisesti moitittiin kunnan varojen liiallisesta käytöstä, sillä heillä ei rahaa tuhlattu vaan elettiin aina niin kuin olisivat viimeiset sentit olleet käytössä. Palkat olivat merkittävästi alhaisemmat kuin muissa hallintokunnissa, sillä ylimääräisiä palkankorotuksia ei taloustoimiston väelle liiemmin annettu ja virkaehtosopimuksen mukaiset korotukset olivat samat kuin muilla eli vuodesta toiseen melko vaatimattomat.

Hanna muistaa miten esimerkiksi vanhat työpöydät alkoivat jo olla siinä kunnossa, että ne olisi ollut aika vaihtaa uusiin kun pöydän reunat alkoivat rispaantua ja vaatteet tarttuivat niihin. Asia otettiin esille jossain kokouksessa ja esitettiin, että olisi ehkä aika saada uusia pöytiä, mutta päällikkö ei ollut suostuvainen siihen. Hänen ehdotuksensa oli kysyä muista hallintokunnista, josko heidän vanhoja kalusteitaan voitaisiin tuoda taloustoimistoon. Hän oli huomannut, että toisaalla oli hankittu uusia pöytiä ja kaappeja

huolimatta siitä, että kaikkia oli kehotettu nou-
dattamaan säästäväisyyttä. Niinpä taloustoimis-
toon muutama vanha pöytä jostain tuotiin ja
siihen oli tyytyminen. Osa huonokuntoisista
pöydistä ehostettiin kääntämällä pöytälevy toisin
päin tai kaupungin puuseppä kävi höyläämässä
pöydän reunat ja niin olivat reunat taas sileät.
Olipa joku ollut niin kekseliäs, että oli tuonut
kotoa ilmastointiteippiä ja korjannut pöydän
reunat sillä.

Taloustoimiston ulkoinen imago ei siis ollut
mitenkään häikäisevä, mutta loppujen lopuksi
huomattavasti tärkeämpää työn tuloksen kannal-
ta on tuolin ja pöydän välissä istuvan henkilön
taidot eikä se minkälaisessa ympäristössä hän
istuu. Yleisesti oltiin sitä mieltä, että jokaisen
kaupungin uuden virkamiehen olisi syytä aloittaa
uransa taloustoimistossa. Vasta sitten kun hä-
neen olisi iskostunut säästäväisen ja vaatimatto-
man virkamiehen imago, hän voisi siirtyä toisaal-
le.

Uraohjuksia

Sitten on tietysti sellaisia virkamiehiä, jotka ete-
nevät urallaan kuin raketit. Hannan kokemukses-
ta eteneminen ei suinkaan aina ollut suorassa
yhteydessä virkamiehen henkilökohtaisiin kykyi-
hin eivätkä kaikki urallaan etenijät välttämättä
ole niitä penaalin terävimpiä kyniä. He nyt vain
olivat onnistuneet pääsemään jonkun silmääte-
kevän suosioon, heillä oli sopiva sukunimi tai
Luojan suoma edustava ulkonäkö. Naispuolisten
etenijöiden avuksi voidaan ulkonäön lisäksi kat-
soa se, että he osaavat pukeutua viehkeästi, räpy-
tellä silmiään sopivasti tilaisuuden tullen ja pu-
hua sillä tavalla vähän narisemalla. Jos tämä
etenijä ei sitten selviä töistään, niin hänen työ-
taakkansa vain todetaan olevan liian suuri ja hä-
nelle joudutaan palkkaamaan apulainen joka ne
työt tekee.

Hyväksi koetut työtavat

Eräs virkamies, joka siirtyi yksityiseltä puolelta
kunnan palvelukseen, muisteli alussa ihmetel-
leensä joitain asioita, joita hänelle opetettiin.

Kunnan vanhoille työntekijöille työtavat olivat tietenkin iskostuneet jo niin syvään selkäytimeen, että uuden työntekijän ihmettely jätettiin omaan arvoonsa. Oltiin sitä mieltä, ettei pidä luulla olevansa parempi vaikka onkin ollut yksityisellä sektorilla töissä. Eräs vanhempi virkamies oli mm. kerran lukenut tämän henkilön kirjoittamaa tekstiä ja huomannut tekstissä virheen ja tullut siitä huomauttamaan. Hän oli pyytänyt että tämä korjaisi tekstin. Kun tekstistä ei virhettä löytynyt, oli hän saanut tietää virheen vakavuuden. Tekstistä oli puuttunut yhdestä lauseesta pilkku ja hänen toivottiin korjaavan virheen omalla käsialallaan.

Ei häntä oltu myöskään muistettu opastaa kunnolla, kun tehtäväksi oli annettu lajitella arkistoa ja niputtaa samaa asiaa käsittelevä paperit yhteen. Kerrottuaan saaneensa tehtävän suoritettua vanhempi virkamies oli varmemmaksi vakuudeksi tarkastanut työn jäljen ja tullut siihen tulokseen, että väärin meni. Klemmarit oli papereita niputettaessa laitettu väärin päin. Klemmarin lyhyemmän sivun nimittäin täytyy olla nipun etupuolella. Ei siis muuta kuin korjaamaan ja

laittamaan klemmarit oikein päin. Joku järjestys
täyty olla miten työnsä tekee. Hutaisemalla ei
hyvää jälkeä synny.

Kunnalliset luottamushenkilöt

Suomen kunnissa on tuhansia luottamushenki-
löitä päättämässä yhteisistä asioista ja kunnallis-
vaaleissa moninkertainen määrä halukkaita ihmi-
siä näihin tehtäviin. Hannan mielestä kunnan
toiminta on tehtävien lisääntyessä muuttunut
niin monimuotoiseksi ja vaativaksi toiminnaksi,
että järjestelmää tulisi uudenaikaistaa ja muuttaa
jollain tavalla. Päätösten teko vaatii tekijältään
monimutkaisten lakien tuntemusta ja tietämystä
tehtävistä, ei siihen voi riittää pelkästään kiinnos-
tus yhteisten asioiden hoitamiseen. Eikä se, että
on kiva kulkea kaupungilla ja kylillä takki auki ja
olla olevinaan jotain kun on päässyt kunnanval-
tuustoon tai hallitukseen tai on jonkin lautakun-
nan puheenjohtaja tai jäsen.

Valmistuttuaan maisteriksi yliopistosta Hanna
ajatteli suorittaa JHTT-tutkinnon. Tutkinnon
suorittaminen oikeuttaa toimimaan tilintarkasta-

jana julkisella sektorilla. Pääsyvaatimuksena tutkinnon suorittamiseen oli ainakin tuolloin ylempi korkeakoulututkinto ja neljän vuoden kokemus tilintarkastajana toimimisesta. Hannalla ei ollut minkäänlaista kokemusta tilintarkastustehtävistä, joten hän ajatteli hankkia tuon kokemuksen ja otti kuntavaalien jälkeen yhteyttä kotikuntansa erään puolueen "silmää tekevään". Hän kertoi työtaustastaan naapurikaupungin pääkirjanpitäjänä ja ilmaisi halukkuutensa toimia kyseisen puolueen riveissä luottamushenkilöjäsenenä kunnan tilintarkastuslautakunnassa saadakseen tutkinnon suorittamiseen tarvittavaa kokemusta. Hanna ei kuitenkaan ollut kyseisen puolueen jäsen, joten häntä ei noteerattu eikä hän tietenkään tullut valituksi tarkastuslautakuntaan.

Omasta mielestään Hanna olisi ollut erittäin pätevä tehtävään, sillä yli 20 vuoden kokemuksella taloushallinnon tehtävistä hän olisi osannut kiinnittää huomiota oikeisiin asioihin. Hanna oli suorastaan huvittunut kun paikallislehdestä luki henkilöiden nimet, jotka tuohon lautakuntaan oli valittu. Väheksymättä yhtään maanviljelijöitä, kaupan kassoja tai perhepäivähoitajia hän oli sitä mieltä, että heillä ei ole riittävää tietämystä kunnan tilintarkastuslautakunnassa toimimiseen. Loppujen lopuksi Hanna tuli siihen tulokseen että ei luottamustoimiin päteviä henkilöitä edes haluttu, vaan vain sopivia eli sellaisia, jotka eivät kyseenalaista mitään. Sitä vain ihmettelee miten nuo henkilöt uskaltavat laittaa nimensä papereihin tietämättä asiasta juuri enempää kuin sika Pohjantähdestä kuten kansanomainen sanonta kuuluu.

Konkreettisesti Hanna sai työssään huomata luottamushenkilöiden osaamattomuuden kun hän erään työtehtävänsä vuoksi pyysi kaupungin konserniyhtiöiltä niiden tilinpäätöksiä nähtäväksi. Yhden pienen yhtiön tilinpäätöstä tutkiessaan hän huomasi, että taseen oma pääoma ei täsmännyt. Asia jonka jokainen talouden ammattilainen tietää olevan ehdoton edellytys tilinpäätöksen hyväksymiselle. Tilinpäätös oli kuitenkin johtokunnassa käsitelty ja luottamushenkilöt olivat laittaneet nimensä siihen. Virheen oli tehnyt tilinpäätöksen laatija, mutta johtokunnan olisi pitänyt palauttaa se eikä allekirjoittaa. Ei siis auta muu kuin todeta, että yhteisistä asioista päättävät poliittisesti sitoutuneet henkilöt osaavat asiansa ja politiikka pätevöittää ihmiset toimimaan sellaisillakin aloilla, joista heillä ei ole mitään käsitystä.

Kunnallispoliitikkojen toiminta on tosin pientä verrattuna valtakunnan tasolla toimivaan edustukselliseen demokratiaan. Ihmetellä täytyy miten pelkkä puolueen jäsenkirja voi pätevöittää poliitikot esim. vaativiin ministerin tehtäviin. Olisi ehdottoman välttämätöntä että ministeriksi valittavalta vaadittaisiin edes jonkinlaista tuntemusta ja koulutusta hallinnoimansa ministeriön alasta. Puolustusministerinä ei voisi toimia armeijaa käymätön, liikenneministeriksi ei riittäisi laboratorionhoitajan tutkinto, jne. Ihan pelottaa kun puhutaan ministerikierrätyksestä, ts. he vaihtaisivat paikkaa keskenään. Eikö poliitikkojen hulluudella ja vallan halulla ole enää mitään rajoja.

Vuosien varrella Hanna kiinnitti huomiota kunnallispoliitikkojen toiminnan järkevyyteen eikä hän ole yhtään vakuuttunut siitä, että he tekevät työtään pyyteettömästi kunnan parhaaksi. Toimitaanko kunnan parhaaksi ja kustannuksia säästäen jos budjettikokous päätetään pitää toisella puolella Suomea, johon matkustetaan linjaautolla, yövytään hotellissa ja syödään kalliisti kaupungin laskuun. Samaan aikaan kiinnitetään huomiota vaikkapa kunnan vanhainkodin kasvaviin kustannuksiin ja karsitaan sen määrärahoja niin, että vanhukset joutuvat viimeiset elinvuotensa viettämään niukkuudessa. Tai miksi poliitikkojen täytyy päästä kaupungin kustannuksella tutustumaan asuntomessuihin, yöpyä hotellissa ja käydä matkan varrella tankkaamassa juomapuolta Alkosta kunnan laskuun. Jokainen käyköön asuntomessuilla omalla kustannuksellaan jos ovat asiasta kiinnostuneet, niin tavalliset virkamiehet tekevät.

Kiusattu

Uusi talousjohtaja ei mitä ilmeisimmin pitänyt Hannan persoonasta eikä hän yrittänyt mitenkään peitellä asiaa. Hän sai tuntea nahoissani tämän epäasiallisen käytöksen ja viikkojen ja kuukausien aikana asia vaivasi hänen mieltään, mutta hän ei tiennyt mitä olisi voinut asiantilan parantamiseksi tehdä. Henkilöstöosaston ohjeissa mainittiin, että kaikkien viran- ja toimenhaltijoiden kanssa on vuosittain käytävä esimies – alaiskeskustelu ja tällaisen keskustelun esimiehensä kanssa Hanna kerran kävi, mutta ei kuitenkaan rohjennut tuossa keskustelussa ottaa puheeksi tämän epäasiallista käytöstä itseään kohtaan. Se vain tuntui äärettömän vaikealta. Keskustelussa hän yritti ottaa esiin jotain negatiiviseksi kokemiaan asioita yleisellä tasolla, mutta ne kuitattiin kertomalla esimiehen omasta työhistoriastaan asioita vähän siihen tyyliin, että eihän tuo mitään, mutta minulle sattui niin, että…. Hanna tuli siihen tulokseen, että tuo paikka on väärä foorumi yrittää muuttaa asioita.

Virastossa oli nuo kaksi henkilöä, joihin voi ottaa yhteyttä jos tuntee tulleensa kiusatuksi. Kumpaakaan heistä Hanna ei kuitenkaan pitänyt sellaisena, että olisi voinut kertoa heille, että päällikön käyttäytyminen häntä kohtaan on työpaikkakiusaamista. Hän päätti purra hammasta ja yrittää jatkaa eteenpäin. Työterveyshoitajan puheilla hän kävi muutaman kerran, mutta ei ollut ollenkaan samaa mieltä hänen kanssaan siitä, että parin päivän sairasloma auttaisi asiassa. Hän kieltäytyi sairaslomasta ja jatkoi sinnikkäästi töissä.

Eräänä kesänä kesälomalla ollessaan Hanna luki lehdestä, että taloustoimistoon haettiin uutta henkilöä ja tarkemmin hakuilmoitusta luettuaan huomasi että uuden henkilön työtehtäviksi ilmoitettiin kaikki hänen työtehtävänsä. Hanna oli enemmän kuin hämmästynyt, sillä kukaan ei ollut kertonut, että hänen osastolleen on perustettu uusi virka ja että tämän uuden viranhaltijan tehtävät ovat samat kuin hänen. Heti töihin palattuaan Hanna otti asian puheeksi, mutta mitään selvyyttä ei kukaan tehnyt siitä, tuleeko tuo uusi henkilö tekemään hänen töitään ja mitä Hannalle on jatkossa suunniteltu. Ei siis auttanut muu kuin jatkaa töiden tekemistä ja jännittää sitä mitä tuleman piti.

Kaikki jatkui kuin ennenkin, uusi viranhaltija tuli, mutta hänelle osoitettiin muita tehtäviä ja Hanna sai pitää omat työnsä, mutta täydellisessä paitsiossa hän koki olevansa. Häntä ei kutsuttu pienen neljän hengen osaston palavereihin eikä

kerrottu mitä suunniteltiin. Hanna otti asian
puheeksi viraston erään osastopäällikön kanssa
ja kertoi hänelle, että on tullut siihen tulokseen,
että on pakko ottaa yhteyttä johonkin tahoon,
muuten hän ei yksinkertaisesti jaksa jäljellä olevia
vuosia. Tuon päällikön suhtautuminen asiaan ei
ollut lainkaan Hannalle myönteinen. Hän sanoi,
että siitä voit olla varma, että toiseksi jäät, jos
esimiestäsi vastaan alat ryppyillä. Hanna veti
tästä sellaisen johtopäätöksen, että esimiehellä
on oikeus kohdella alaistaan epäasianmukaisesti
ja alaisen on siihen tyydyttävä.

Hanna tunsi olevansa henkisesti kuitenkin jo
siinä pisteessä, että ei jaksa enää. Hän otti yhteyt-
tä jälleen työterveyteen ja puhui asiasta työterve-
yshoitajalle, joka lähetti hänet psykologin vas-
taanotolle. Käynti psykologilla ei olisi voinut
turhempi olla ja Hanna tunsi sieltä pois tulles-
saan itsensä todella huonoksi ja epäonnistuneek-
si yksilöksi. Psykologi piti esitelmän siitä, kuinka
esimiehet aivan liian usein syyllistetään ja ollaan
sitä mieltä, että vain esimiehillä on velvollisuuk-
sia ja unohdetaan, että alaisen oma käytös voi
aiheuttaa esimiehen epäasialliseksi koetun käy-

töksen. Suomeksi suoraan sanottuna hän siis
sanoi, että on oma syysi kun luulet, että esimie-
hessäsi on vikaa. Ei auttanut siis muu kuin niellä
ylpeytensä ja yrittää jatkaa huolimatta siitä, että
hän ei saanut enää öisin nukutuksi ja joutui tur-
vautumaan unilääkkeisiin ja muutenkin koki
jaksamisen olevan aivan äärirajoilla.

Viimeinen pisara Hannalle oli kun hän luki kau-
punginhallituksen pöytäkirjoista päätöksen, jon-
ka mukaan heidän neljän henkilön vahvuisen
osastonsa organisaatiota oli muutettu. Muutok-
sesta tai sen suunnittelusta Hannalle ei kukaan
ollut puhunut mitään, eikä hän ollut sanallakaan
kuullut kenenkään edes vihjaisevan siihen suun-
taan puhumattakaan siitä, että häntä olisi otettu
noihin suunnitelmiin mukaan.

Samana päivänä, kun Hanna luki päätöksestä,
hän otti yhteyttä liiton pääluottamusmieheen
ajatellen, että se olisi viimeinen oljenkorsi johon
voisi tarttua. Hän kirjoitti sähköpostitse, selitti
asiansa ja kysyi mitä hänen pitäisi tehdä. Vielä
tänä päivänä Hanna ei ole pääluottamusmieheltä
mitään vastausta saanut, viestin lähettämisestä

on kulunut yli neljä vuotta ja pääluottamusmies-
kin on jo vaihtunut toiseen. Jotain kulissien ta-
kana kuitenkin ilmeisesti tapahtui vaikka Han-
naan ei kukaan asian tiimoilta yhteyttä ottanut tai
sitten vain sattuma puuttui peliin. Esimies irtisa-
noutui tehtävästään ja hänen tilalleen valittiin
uusi kaikin puolin sopiva henkilö.

Myöhemmin muista syistä työterveydessä käy-
dessään Hanna otti asian työterveyshoitajan
kanssa puheeksi, mutta huomasi heti suun au-
kaistuaan, että tämä oli asia, josta tulee vaieta.
Hänelle jäi ikuisesti epäselväksi onko asia niin,
että 1) alainen ei saa tehdä ilmoitusta jos kokee
esimiehensä kohtelevan itseään epäasianmukai-
sesti vai 2) hoidettiinko asia kulissien takana
kaikessa hiljaisuudessa. Mikäli ensimmäinen
epäilys on oikea, niin sitten kaikki henkilöstö-
osaston hienot lausumat nollatoleranssista kiu-
saamisen suhteen saa heittää romukoppaan. Jos
taas toinen olettamus osuu oikeaan, niin Hanna
on tyytyväinen siitä, että uskalsi ottaa asian esille
ja vei sen eteenpäin. Hannan mielestä olisi ollut
kuitenkin oikeus ja kohtuus, että häneen olisi
joku ottanut yhteyttä ja puhunut asiasta.

Tasa-arvosta

"Meitä on moneen junaan ja vielä asemallekin jäämään" sanotaan ja sama pätee myös virkamiehiin. Päällimmäisenä tulee mieleen se, ovatko virkamiehet saman arvoisia asemastaan riippumatta, kuten perustuslaissa sanotaan kansalaisten olevan lain edessä yhdenvertaisia. Ei muuten pidä paikkaansa, ei ainakaan kunnissa, kohtelu voi olla ja on huomattavan erilaista riippuen siitä kenestä on kysymys, ei siitä mitä on tehnyt. Päätelkää itse.

Erään kunnan laitoksen keittiössä työskenteli osapäiväisenä yksihuoltajaäiti, jolla oli kotona huollettavanaan neljä alaikäistä lasta. Osapäiväisen keittiöapulaisen palkka ei silloin päätä huimannut eikä huimaa muuten vieläkään. Ruokaa valmistetaan määrällisesti aina hieman liikaa, olisi noloa jos osa potilaista tai koululaisista jäisi ilman ruokaa. Nykyään ylijäämäruoka viedään aina biojätteeksi, EU-lainsäädäntö kieltää sen myymisen. Jotkut kunnat tosin ovat lehtiuutisten perusteella päättäneet myydä sitä alennettuun hintaan tai jakaa ilmaiseksi vähäosaisille, työttömille ja eläkeläisille. Erittäin hyvä ajatus ja toivoisi tällaisen tavan leviävän koko maahan. No, joka tapauksessa tuohon aikaan ylijäämäruoka kaikista kunnan keittiöistä myytiin sikalanomistajalle sikojen ruuaksi. Sopimus tehtiin vuosittain sen sikalan omistajan kanssa, joka ruuasta eniten tarjosi ja se oli tietty markkamäärä vuodessa, riippumatta siitä paljonko ruokaa oli. Jonain päivänä ruokaa oli vähän enemmän kuin toisena.

Puheena olevalla yksinhuoltajaäidillä oli luonnollisesti vaikeuksia saada palkkansa riittämään, sen ymmärtää jokainen jolla on omia lapsia. Vaikka olisi kokopäivätyössä ja vaikka perheessä olisi kaksi työssä käyvää, saattaa silti olla vaikeuksia saada rahat riittämään. Taloudellista ahdinkoaan helpottaakseen tällä äidillä oli tapana joskus viedä astiassa lapsilleen ylijäämäruokaa. Hän otti ruuan ennen kuin astiat tyhjättiin "sikapönttöön". Pahaksi onnekseen hänen työparinsa oli kateellinen ihminen, ominaisuus joka alkoi vaivata suomalaisia muuttuen suoranaiseksi kansantaudiksi sen jälkeen kun tuberkuloosista päästiin eroon. Työpari katsoi velvollisuudekseen kertoa esimiehelleen, että tämä äiti vie sianruokaa kotiinsa, salaa ja vieläpä aivan ilmaiseksi. Kerrassaan anteeksiantamatonta. Esimies antoi alaiselleen keittiöapulaiselle välittömästi lähtöpassit, ei auttanut valitus palkan pienuudesta eikä lasten nälästä, sosiaalivirastossa kuunnellaan niitä valituksia, ei työpaikalla. Ei tätä asiaa tietenkään lehtien palstoilla tai muutenkaan julkisesti käsitelty, mutta puskaradio, jonka toiminta on aina ollut erittäin tehokasta, saattoi asian myös keskushallinnossa työskentelevien tietoon. Myötätunto oli paria poikkeusta lukuun ottamatta yksinhuoltajaäidin puolella.

Keittiöapulaisen rikettä voi verrata pariin muuhun, ylemmän virkamiehen tekemään rikkeeseen. Nämä korkeammassa asemassa olevat virkamiehet menettivät suhteellisuuden tajunsa kunnan rahoja käsitellessään. Ei enää tiennyt mikä on omaa ja mikä kaupungin rahaa. Matkoille lähtiessä he eivät muistaneet onko kyseessä lomamatka vai virkamatka ja varmuuden vuoksi ainakin toinen oli maksanut ulkomaanmatkansa ja hotellinsa kaupungin luottokortilla. Oli lomalla ollessaankin joutunut ajattelemaan niin tiiviisti työasioita, että katsoi sen olevan työmatka. Lisäksi hän oli pistäytynyt ulkomailla työpaikkaansa vastaavissa paikoissa tutustuen niiden toimintaan, joten lomamatkaa saattoi hänen mielestään pitää virkamatkana. Kaiken tämän lisäksi hän oli sisustanut kotiaan kaupungin luottokortilla ostetuilla tavaroilla. Mielellään muutkin virkamiehet olisivat ostaneet kaupungin laskuun kotiinsa huippusuunnittelijan suunnittelemia design-huonekaluja ja -valaisimia, joiden hankintahinta oli tuhansia euroja ja kiinni jäätyään selittäneet, että ne oli kyllä tarkoitus tuoda työpaikalle, mutta lainasin niitä ensin kun pidin kotona juhlat, joihin tuli tärkeitä vieraita.

Ymmärrystä löytyi kun kyseessä oli johtavassa asemassa oleva virkamies, joka onneksi kuitenkin katsottiin parhaimmaksi erottaa, kun kaikki luottamushenkilöt eivät olleet yhtä mieltä hänen antamastaan poikkeuksellisen suuresta panoksesta kaupungin imagon kohottajana. Tälle virkamiehelle maksettiin kuitenkin muutaman kymmenen tuhannen euron eroraha eikä hänen katsottu käyttäneen virka-asemaansa väärin. Myöhemmin sama entinen virkamies oli tarjonnut uudessa työtehtävässään konsulttipalveluita kau-

pungille. Asiasta kuultuaan Hanna ei voinut
muuta kuin ajatella, että "ennen maa repee kuin
huora häpee".

Eräs toinen johtava virkamies joutui matkusta-
maan asemastaan johtuen paljon ja edustamaan
eri tilaisuuksissa. Näitä tilaisuuksia varten hän oli
päättänyt ostaa itselleen kaupungin luottokortilla
tilaisuuksiin sopivat ja edustavat vaatteet, hienot
ja kalliit nahkakengät mukaan luettuna. Tekemil-
lään matkoilla hänellä oli mukanaan kaupungin
luottokortti yllättäviä menoja varten. Yllättäviksi
menoiksi eivät pikkumaiset nipottajat katsoneet
alkoholipitoisia drinkkejä ulkomailla keskellä
yötä epämääräisellä punaisten lyhtyjen alueella
sijaitsevassa baarissa. Selityskin oli hyvin ontu-
va, matkalla hotelliin edustustilaisuudesta oli
iskenyt armoton jano eikä muuta paikkaa ollut
avoinna, joten pakko oli mennä juomaan siihen
baariin joka oli auki.

Kuten edellisen virkamiehen tapauksessa, tälle-
kään toiminnalle ei ollut riittävästi ymmärtäjiä ja
katsottiin olevan parasta päättää virkasuhde tai
oikeammin annettiin virkamiehen ymmärtää, että

kannattaa erota oma-aloitteisesti, sillä erorahana maksettiin useita kymmeniä tuhansia euroja kiitokseksi hyvin suoritetusta työstä. Aivan kuin hän ei olisi saanut palkkaa ollenkaan. Hänen palkkansa oli aivan varmasti ollut niin suuri, että sillä pystyi ostamaan edustavat vaatteet ja maksamaan drinkit epämääräisessä baarissa. Jos hakee sellaista virkaa, joka vaatii edustamista, niin silloin täytyy olla myös varautunut tehtävän mukanaan tuomiin vaatimuksiin, kuten esim. edustaviin vaatteisiin.

Ei siis toteudu tasa-arvo kunnallisella alalla eri työtehtävissä työskentelevien välillä, ei ainakaan näiden tapausten valossa. Kumpi on tuomittavampaa: ottaa sianruokapöntöstä ruokaa nälissään oleville lapsille vai maksaa yksityiseen kulutukseen kuuluvia laskuja yhteiskunnan varoista. Nälkäisten lasten tapauksessa kunta säästi, sillä äidin ei tarvinnut hakea toimeentulotukea ja sikalanomistaja maksoi jäteruuasta saman summan vaikka tuo astiallinen siitä silloin tällöin puutuikin.

Nämä tapaukset eivät suinkaan ole ainoat vastaan tulleet väärinkäytökset, mutta ne olivat räikeimmät esimerkit siitä kuinka eriarvoisia eri työtehtävissä työskentelevät ovat. Jokainen voi päätellä itse miten yleistä virka-aseman väärinkäyttö kunnissa on ja kuinka paljon yhteiskunnan varoja käytetään väärin, Suomessa on yli 300 kuntaa. Millaista peliä pelataan valtion hallinnossa ja kuinka paljon siellä valuu rahaa hukkaan.

Yhteiskunnan organisaatiot eivät ole kenenkään hallussa kun kukaan ei niitä omista, joten moraalinen valvonta on vähäistä. Hyväveli verkosto on aivan liian yleistä; jos sinä et polta minua tästä niin en minäkään polta sinua kun sinä teet jotain väärin. Niin se valitettavasti on.

Ongelmia töissä

Työtehtäviä hoitaessaan Hannalle tuli silloin tällöin vastaan ongelmia, joiden ratkaisemiseen olisi tarvittua asiantuntevampaa apua kuin mitä saatavilla oli. Esimerkiksi tapaus, jossa kaupunki sai testamenttilahjoituksena isohkon summan rahaa. Testamentin antaja oli päättänyt lahjoittaa

osan omaisuudestaan kunnan sosiaalitoimelle
ongelmalasten ja -nuorten paremman tulevai-
suuden turvaamiseksi. Kaikkiaan testamentissa
oli useita saajia ja viimeisenä tahtonaan lahjoitta-
ja oli esittänyt toivomuksen jäämistön hoitajasta
muistamatta tätä kuitenkaan erikseen testamen-
tissaan vaikka olivat olleet hyviä ystäviä. Jäämis-
tönhoitaja hoiti työnsä, perunkirjoituksen ja pe-
sän jaon, mutta ilmeisen pettyneenä siitä, että ei
ollut saanut henkilökohtaisesti mitään, päätti
veloittaa työstään sellaisen palkkiosumman, että
varmasti sai riittävän korvauksen. Kaiken lisäksi
tuo palkkio kohdistettiin vain ja ainoastaan sii-
hen osuuteen pesästä joka siirtyi kunnalle. Pe-
sänhoitajan vaimo oli muun muassa ollut perun-
kirjoitustilaisuudessa läsnä ja toimi uskottuna
miehenä. Tästä vaivannäöstä hänelle maksettiin
palkkiona muutaman tuhannen euron korvaus.

Testamentin tilityksen saatuaan Hanna oli kau-
huissani nähtyään miten ison loven pesän varoi-
hin pesänhoitajan ja hänen puolisonsa palkkio
olivat tehneet. Hanna tutki ensin internetistä
mikä on kohtuullinen korvaus pesänhoidosta ja
totesi kohtuullisuuden pesän arvon huomioon

ottaen ylittyneen monikertaisesti. Hän kysyi
esimieheltään mitä asiassa voisi tehdä, mutta tällä
ei ollut antaa muuta vastausta kuin kysyä neuvoa
eräältä luottamushenkilöltä, joka oli ammatiltaan
lakimies. Hanna lähetti tälle luottamushenkilöla-
kimiehelle sähköpostia ja kysyi neuvoa miten
toimia asiassa, mutta ammattikuntana lakimiehet
ovat ilmeisen lojaaleja toisiaan kohtaan, sillä
viimeiseen työpäiväänsä mennessä Hanna ei
ollut saanut vastausta ja kysymyksen lähettämi-
sestä oli ehtinyt kulua jo muutama vuosi.

Palkkiota yritettiin neuvotella pienemmäksi,
mutta pesänhoitaja saapui tilaisuuteen lakimie-
hen kanssa hyvin itsevarmana ja oli sitä mieltä,
että palkkion oli maksanut kuolinpesä eikä kunta
ollut taloudellisesti kärsinyt asiassa. Hannan kat-
sottiin lähestyneen asiaa väärästä perspektiivistä.
Hanna ihmetteli millä tavalla hänen perspek-
tiivinsä ja laskutapansa oli ollut väärä. Hän laski,
että pesän varat olivat olleet X euroa, josta muut
osakkaat olivat saaneet testamentissa mainitun
määrän Y euroa ja jäljelle jäi näiden erotus, josta
vähennettiin palkkiot ja loppu tuli kunnalle.
Saamiensa oppien mukaan kunta, tässä tapauk-

sessa lastensuojelu kärsi, mutta saattaa tietysti olla että lähestymistapa oli ollut väärä, ainakin pesänhoitajan mukaan. Oliko Hanna mahdollisesti ymmärtänyt lukion, kauppaopiston ja yliopiston matematiikan tunnilla jotain väärin eikä osannut korkeampaa matematiikkaa. Kai se on mahdollista, ainakin tässä tapauksessa oli.

Toinen ongelma

Toinen ongelmallinen asia, jonka Hanna kohtasi työssään, liittyy myös kuolinpesän hoitoon. Kunnilla on nimittäin oikeus anoa ilman omaisia kuolleitten henkilöiden jäämistöä itselleen ja näin poikkeuksetta myös tehdään ja varat sijoitetaan rahastoon, josta niitä jaetaan hyvään tarkoitukseen.

Hanna muistaa erään tällaisen kuolinpesän, jonka arvo ei perunkirjoituksen mukaan ollut erityisen pieni, siihen kuului isohko summa rahaa pankkitilillä sekä asunto-osake, jonka arvoksi perunkirjaan oli merkitty 60 000 euroa. Kokemuksen mukaan perunkirjaan omaisuus arvostetaan mahdollisimman alhaiseksi jotta vältyttäisiin

isoilta perintöveroilta, joten oletettavaa on, että
tuon asunto-osakkeen markkina-arvo oli paljon
suurempi. Ja oli se ihan oikeasti suurempi, sillä
samaisesta asunto-osakeyhtiöstä oli samoihin
aikoihin myynnissä vastaavan kokoinen asunto,
josta pyydettiin lähes kaksinkertainen summa.
Hanna uteliaisuuttaan tutki myynnissä olevia
huoneistoja ja huomasi asian.

Hannalle jäi ikuisesti epäselväksi miten näiden
kuolinpesien pesänhoitajat valitaan. Tässä tapa-
uksessa pesänhoitajana oli lakimies, jolla oli hy-
vin vahvat siteen kuntaan. Pesänhoitaja oli päät-
tänyt realisoida kuolinpesään kuuluvan asunnon
kysymättä kunnan mielipidettä. Ainakaan kukaan
ei tunnustanut, että heihin oltaisiin oltu yhtey-
dessä asian tiimoilta eikä kukaan tiennyt että
tällaista sopimusta olisi tehty. Asunto myytiin ja
myyntihinta oli runsas puolet verotusarvosta.
Epäselväksi jäi miten läheiset välit ostajalla oli
pesänhoitajaan. Eri sukunimi heillä kuitenkin oli.
Hanna ei vielä tänä päivänä tiedä millä oikeudella
asunto oli myyty, mutta ei asiasta tuntunut ole-
van kiinnostunut kukaan muu kuin Hanna, joka
kyllästymiseen asti jaksoi ottaa asian esille sopi-

van tilaisuuden tullen. Hän teki sen ihan pahuuttaan koska oli niin vihainen asiasta ja ennen kaikkea siitä, että asia ei kiinnostanut ketään. Hyvin nopeasti puheenaihe aina vaihdettiin kun hän yritti ottaa sen esille. Hanna harkitsi ilmoittaa kyseiselle pesänhoitajalle, että seuraavan kerran kun vastaavanlainen tapaus tulee ajankohtaiseksi, niin hän ilmoittautuu vapaaehtoiseksi ostamaan sijoitusasunnon. Ei hän sitä kuitenkaan tehnyt koska koki loppujen lopuksi olevansa liian vaatimattomassa asemassa ja oli päättänyt olla erottumatta liikaa joukosta. Kunnan virkamiehinä pärjäävät nöyrät ja hiljaiset parhaiten.

Hanna oli aivan varma, että jos näissä asioissa johtaville virkamiehille olisi koitunut henkilökohtaista hyötyä, niin niiden käsittelyyn olisi puututtu. Asioihin suhtaudutaan siten, että onko sen nyt väliä onko lopputulos A vai B kun se ei henkilökohtaisesti minua koske, niin olkoon kumpi tahansa. "So what".

Valitettavasti tämä välinpitämättömyys heijastuu tämän päivän taloudellisena tilanteena. Vanhat kunnon johtajat ja esimiehet ovat jääneet eläkkeelle eikä kokonaistilanne ole enää kenenkään hallussa. Lauta- ja johtokunnissa tehdään järjenvastaisia päätöksiä ja rahaa laitetaan sumeilematta menemään eikä kukaan puutu siihen. Eivät kuntien tulot mitenkään radikaalisti ole pudonneet vaan menot ovat kohtuuttomasti kasvaneet ja rahaa käytetään epätarkoituksenmukaisesti.

Viimeisimpänä suurta hämmästystä herättäneenä lautakunnan päätöksenä Hannalle tulee mieleen tapaus, joka sai hänet jo luulemaan, että joko Guggenheimin museo perustetaan tai Kiasma siirretään hänen kotikaupunkiinsa. Niin suureellinen organisaatio kaupungin museoihin perustettiin. Eikä kukaan voinut asialle mitään tai kenelläkään ei ollut halua tehdä ikävää päätöstä. Pienessä museo-organisaatiossa on johtaja ja viisi päällikköä plus tietenkin joukko alaisia. Kaikki edellytykset maailmanluokan museotoiminnalle, mutta eihän sitä koskaan tiedä jos joku Helsingin museoista päätettäisiin hajasijoittaa. Organisaatio on jo valmiina.

Näitä järjettömiä päätöksiä ja rahan tuhlausta miettiessään Hannalle on monta kertaa tullut mieleen entisen eläkkeelle jääneen todella viisaan esimiehensä mielipiteet organisaation johtamisesta. Hän oli sitä mieltä, että kaikki organisaatiot ovat kuin laivoja, joita jonkun täytyy koko ajan määrätietoisesti ohjata haluttuun ennalta määriteltyyn suuntaan. Jos ohjaajaa ei ole, organisaatio menettää kurssinsa ja joutuu tuuliajolle koska itseohjautuvaa organisaatiota ei ole olemassa.

Säästöjä on kaikkien kuntien löydettävä merkittävä määrä tulevina vuosina, sillä kunnallisveroa ei voi nostaa kohtuuttoman korkeaksi. Valtiolta kuntien on turha odottaa lisää rahaa, sillä valtiontalous on vielä surkeammassa jamassa. Hanna osallistui menneinä vuosina talousosaston edustajana säästöneuvotteluihin hallintokuntien kanssa, kun kaupungin talous alkoi näyttää siltä, että miinukselle mennään. Neuvotteluiden anti jäi melko tyhjäksi, kukaan ei ollut valmis luopumaan mistään ja lopputulos oli se, että päätettiin olla kopioimatta liikaa ja sammuttaa valot aina kun poistutaan huoneesta. Sillä tavallako ne miljoonat säästyvät.

Tämän päivän yhteiskunnalliset organisaatiot ovat enemmän tai vähemmän tuuliajolla ja ne ovat menettäneet kurssinsa koska niiltä puuttuu asiantunteva johto. Johtajille on tärkeintä kulkea läppäri kainalossa kaiken maailman kokouksissa ja palavereissa, istua niissä älypuhelintaan selaillen ja näyttää tärkeältä. Työelämästä on tullut tekijöilleen vain väline mielekkään vapaa-ajan viettämiseen, työn tulokset eivät enää ole kiinnostavia.

Kuntaliitos

Ei säästynyt kuntaliitoksilta Hannan kotikunta eikä työnantaja, sillä valtioneuvoston päätöksellä kunnat yhdistyivät ja vihdoin Hanna alkoi maksaa veronsa siihen kuntaan joka hänelle oli jo vuosikymmeniä palkan maksanut. Enää ei kukaan voisi valittaa veromarkkojen valumista vieraaseen kuntaan. Vastustus kuntaliitokseen oli ankaraa, kotikulmilla asukkaille maalattiin kauhuskenaarioita siitä kuinka kaikki palvelut loppuvat ja siirtyvät kaupunkiin. Hanna oli alusta saakka ollut ehdottoman myönteinen kuntaliitokselle ja odotti sen toteutumista malttamattomana. Hänen mielestään ainoat häviäjät liitoksessa olivat oman kunnan luottamushenkilöt, jotka vallan menetyksen pelossa vastustivat liitosta viimeiseen asti. Hannan mielestä on suorastaan järjetöntä yrittää pitää pystyssä pieniä muutaman tuhannen asukkaan kuntia ja nostaa veroprosenttia, että edes peruspalvelut saataisiin tuotettua. Kunnat vetoavat itsenäisyyteensä ja sen menetykseen, kun todellinen pelko on vallan menetyksen pelko. Itsenäisyys tarkoittaa omavaraisuutta ja riippumattomuutta ja sitä ei yhdelläkään kunnalla ole. Melkein kaikki ovat riippuvaisia valtion maksamista valtionosuuksista, ilman niitä ei palveluja voi tuottaa. Pieni on kaunista jossain muussa asiassa, mutta ei tässä.

Kuntaliitoksen myötä uuden kunnan virkamiehet saavat kaikki viiden vuoden irtisanomissuojan, se on laissa taattu kaikille kuntaliitoksen tehneiden kuntien viran- ja toimenhaltijoille. Taivaan kiitos ajattelevat monet, sillä tuskin kaikille on löytynyt järkevää tekemistä. Kannattaa seurata kuntaliitoksen tehneiden kuntien virkamiesten tehtävänimikkeitä ja mitä enemmän niissä on erityisasiantuntijoita tai jotain oikein

ihmeellisiltä kuulostavia hienoja nimikkeitä, niin
sitä varmemmin voi päätellä, että ei ole oikein
mitään tekemistä.

Johtavista virkamiehistä tehdään tarpeettomina
erityisasiantuntijoita tai muuta hienolta kuulosta-
vaa, tavalliset sijoitetaan tuottavampiin töihin.
Hanna kuuli kerran koulutuksessa ollessaan, että
erään kuntaliitoksen tehneen kunnan erityisasi-
antuntijalle ei ollut osoitettu mitään työtehtäviä,
joten hän täytti päivät pitkät sudokuja. Hänestä
oli tullut kyseisen lajin huippuosaaja. Ei varmaan
ole ainut laatuaan, mutta huippuosaajia tässä
maassa tietenkin tarvitaan. Sama se mitä osaa
kunhan vain on alansa huippuosaaja.

Ehkä olisi syytä ajatella lakia säädettäessä mikä
on järkevää ja mikä ei, mutta se lienee liikaa vaa-
dittu tämä päivän poliitikoilta, joiden kiinnostuk-
sen kohde on aivan muu kuin tämän maan hy-
vinvointi. Kaikki mulle heti tänne tuntuu olevan
ainoa asia joka poliitikkojen päässä liikkuu. Ja
kaikki epäoleellinen on tosi tärkeää. Viis siitä,
että maassa on lähes 400 000 työtöntä, kaikki
energia käytetään epäoleellisista asioista päättä-

miseen, kuten esimerkiksi tasa-arvoiseen avioliit-
tolakiin, joka oli vuoden 2014 kuumin pala pur-
tavaksi. On aivan sama onko homot ja lesbot
naimisissa keskenään vai ei, ei se tätä maata
suosta nosta vaikka heidän oikeutensa avioliit-
toon lailla vahvistettiin.

Ja miksi kaikki haluavat vain luoda uusia työ-
paikkoja, olisi paljon järkevämpää yrittää säilyttää
ne vanhat työpaikat. Kuntaliitoksissa olisi pa-
rempi säätää lailla, että uuden kunnan on turvat-
tava palvelut myös syrjäkylille, esim. terveyskes-
kukseen ei saisi olla yli 20 km. Mutta ei, nyt on
lailla turvattu kaikille virkamiehille viiden vuo-
den irtisanomissuoja. Tosi hyödyllinen laki syrjä-
kylän mummoille ja paapoille.

Hauskoja sattumia ja muuta muisteltavaa

Huomionosoituksia

Tavallisia viranhaltijoita ei työnantajan taholta
koskaan muistettu lukuun ottamatta joulutorttua
ja kahvia joulun alla. Joskus 2000-luvulla kaikille
alettiin tarjota joululounas, mutta siitä ei kovin

monta vuotta saatu nauttia, koska sen katsottiin
tulevan liian kalliiksi ja niinpä se lopetettiin säästö syistä. Joulutortun lisäksi jossain vaiheessa
kaikki alkoivat saada jouluna kaupunginjohtajan
allekirjoittaman joulukortin ja hyasintin. Eräänä
jouluna yllättäen kaikki noin 5000 kaupungin
työntekijää saivat joulupaperiin käärityn pienen
lahjan ja sen mukana oli kaupunginjohtajan joulutervehdys. Kaikki olivat ällistyneitä kun nämä
paketit jaettiin jokaisen työpöydälle ja porukalla
ihmeteltiin mitä paketissa mahtaa olla. Hämmästys oli melkoinen kun paketista paljastui epämääräisen näköinen musta-keltainen kankainen ampiaista muistuttava otus, jonka mahassa oli joku
kova esine. Viraston päällikön sihteeri kertoi
lahjan olevan jääkaappimagneetti, mutta kukaan
ei tajunnut miten jollakin oli tullut mieleen antaa
sellainen lahjaksi. Minkäänlaista selitystä tälle
lahjalle ei ollut, sen sanottiin vain olevan kaupungin joululahja.

Myöhemmin selvisi, että eräällä kaupungin alaasteella ensimmäisen luokan oppilaat olivat koko
syksyn ajan käsityötunnilla askarrelleet näitä ampiaisia tarkoituksena myydä ne ja ostaa luokkaan

televisio ja videot. Joku luottamushenkilöistä oli
sopinut, että kaupunki ostaa ne ja jakaa työnteki-
jöilleen joululahjaksi. Ottaen huomioon lahjan
tarkoitusperän sitä olisi pidetty erittäin hyväksyt-
tävä ajatuksena, mutta kaikki olivat sitä mieltä,
että olisi ollut kohtuullista laittaa lahjan mukaan
jonkinlainen saatekirje mitä varten kyseisen lah-
jan saimme. Joillain työpaikoilla lahjan saaneet
henkilöt olivat olleet todella raivoissaan tästä
yllätyslahjasta ja palauttaneet ne esimiehensä
pöydälle. Eräässä virastossa oli osa henkilöistä
ehtinyt jäädä joululomalle ennen lahjan antopäi-
vää ja työkaverit olivat soittaneet heille kotiin,
että työnantaja oli jakanut kaikille joulupaketin
ilmoittamatta kuitenkaan mitä se sisälsi. Huhujen
mukaan eräs sairaanhoitaja oli -15 asteen pakka-
sessa pyöräillyt 10 km noutamaan pakettiaan.
Tarina ei kerro mikä oli ollut sairaanhoitajan
kommentti hänen avattuaan pakettinsa.

Siistejä virkanaisia

Työpaikkaruokailua ei 80-luvulla vielä ollut tai
ainakaan sen palveluja ei kovin yleisesti käytetty
talousvirastossa. Usein ruokatunnilla työpöydän

ääressä vain joko syötiin eväsleivät ja jatkettiin
työtä tai käytiin kaupungilta kaupasta hakemassa
jotain pientä purtavaa. Hannan työkaverilla oli
tapana ostaa savukalaa läheisestä marketista ja
syödä sitä viilin tai jugurtin kanssa, syöminen
tapahtui käsin savukalasta pieniä paloja taittaen.
Kerran, kun hän oli juuri nauttimassa savukala-
annostaan, huoneeseen ilmestyi eräs ylempi vir-
kamies yläkerran virastosta. Hänelle oli tullut
vieras, joka halusi nähdä koko talon, olihan vi-
rastotalo yli 100 vuotta vanha historiallinen ra-
kennus, joka vieraan silmiin näytti hienolta.

Opitun tavan mukaan, eli veronmaksajien näh-
den ei saa syödä eikä juoda, kirjanpitäjä sujautti
savukalan työpöydän laatikkoon piiloon ja oli
tekevinään ahkerasti töitä. Hänen epäonnekseen
tämä vieras oli kuitenkin hyvin kohtelias mies ja
päätti esitellä itsensä kaikille kädestä pitäen.
Myös kirjanpitäjä, joka juuri oli käsin syönyt
savukalaa, joutui kättelemään vieraan. Naurus-
samme oli pitelemistä kun vierailijat lähtivät
huoneesta. Toivon mukaan tälle vieraalle ei jää-
nyt käteensä kovin epämiellyttävä tuoksu eikä
mielikuva epäsiisteistä virkanaisista.

Vierailulla

Innostus oli kova, kun eräänä syksynä ilmoitet-
tiin, että virasto lähtee vierailulle Ruotsissa sijait-
sevaan ystävyyskaupunkiin ja mukaan pääsevät
kaikki lukuun ottamatta pakollista päivystystä
joka osastolla. Toisin sanoen jokaiselta osastolta
jonkun piti jäädä töihin ja tämä päivystämään
jäävä piti jokaisella osastolla keskenään sopia,
ketään ei siihen pakotettaisi ylempien taholta.
Kirjanpito-osastolla kaikki olivat halukkaita läh-
temään Ruotsiin, oli matka niin suuri tapaus
heidän asemassaan oleville. Asiasta pyrittiin neu-
vottelemaan ja kaikin keinoin saada joku jää-
mään töihin, mutta ratkaisuun ei onnistuttu pää-
semään. Lopulta eräänä päivänä ruokatunnin
aikaan Hanna keksi keinon miten tämä päivystys
järjestetään. Samalla osastolla oli töissä 5 – 6
henkilöä, joista yksi oli juuri ruokatunnilla. Han-
na ehdotti työkavereilleen, että arvotaan töihin
jäävä siten, että laitetaan hattuun yhtä monta
lappua kuin heitä oli ja kirjoitetaan joka lapulle
ruokatunnilla olevan nimi ja näistä lapuista tämä
töihin palattuaan saa nostaa yhden. Hanna tunsi

olevansa vähän ilkeä tätä kepposta suunnitelles-
saan, mutta kaikki hyväksyivät ajatuksen. Niin
arvonta sitten pidettiin ja kirjanpitäjä nosti ha-
tusta lapun, jossa luki hänen oma nimensä. Koh-
taloonsa tyytyen hän jäi päivystämään osastolle
ja muut pääsivät matkaan.

Jälkeenpäin Hanna katui kieroa tekoaan, sillä
rangaistuksen teosta saivat kaikki Ruotsiin lähte-
neet, myös ne joilla ei ollut kepposen kanssa
mitään tekemistä. Lähtöpäivän aamuna tuuli aika
voimakkaasti, mutta kukaan ei ajatellut asiaa sen
kummemmin, kuljetus lähtösatamaan oli järjes-
tetty ja laiva lähti satamasta ajallaan. Päivän mit-
taan tuuli yltyi myrskyksi, niin kovaa myrskyä ei
ollut koettu vuosikausiin ja laivan oli pakko ank-
kuroitua erään saaren suojaan, sillä kapteeni ei
uskaltanut jatkaa avomerelle. Matkustajista lähes
kaikki makasivat pahoinvoivana jossain päin
laivaa, kenellekään ei maistunut ruoka eikä sitä
tainnut olla edes tarjolla kun astiat eivät pysyneet
edes kaapeissa vaan lentelivät pitkin ravinto-
lasalia. Eräs diabetesta sairastava nainen oli erit-
täin huonokuntoinen. Lopulta laiva saapui
Ruotsiin, lähes 12 tuntia aikataulusta myöhässä

ja matkustajat olivat enemmän tai vähemmän huonokuntoisia. Paluumatkalle lähdettiin seuraavalla mahdollisella laivalla ja ystävyyskaupunki jäi näkemättä.

Pääsi taloustoimiston väki toisenkin kerran vierailulle, kun naapurikaupunki kutsui heidät tutustumaan kaupunkiinsa. Se oli vierailu, jota kukaan ei mielellään jälkeenpäin muistellut (tai muistanut). Ei vierailussa muuten mitään vikaa ollut, mutta ilta päättyi saunailtaan kyseisen kaupungin edustussaunassa eikä siellä ollut säästelty tarjoilusta. Taloustoimiston naisväki ei ollut tottunut alkoholitarjoiluun ja sitä tuli ehkä nautittua liian runsaasti, kaikki olivat enemmän tai vähemmän humalassa kun iltamyöhään palattiin kotiin. Sen jälkeen ei kutsuja muihin kaupunkeihin tullut, tuskin he olisivat edes lähteneet.

Siisti täytyy olla

Alakerran kahvihuoneessa lakattiin juomasta iltapäiväkahvia joskus 80-luvulla ja kahvinkeittimiä ostettiin vähän joka puolelle rahatoimistoa. Hannan työhuoneeseen ostettiin omilla rahoilla kahvinkeitin jonka hankintaan jokainen antoi osuutensa. Taloustoimistossa ei ollut silloin eikä myöhemminkään minkäänlaista sosiaalitilaa tai keittiötä, vaan vesi kahvinkeittimeen haettiin wc:stä ja myös kahvikupit pestiin wc:ssä. Huvittavaa ja suorastaan kuvottavaa oli, kun talousjohtajan sihteeri kertoi kuinka kokouksiin keitettiin kahvia termoskaatimiin ja näiden termoskaatimien peseminen wc:n lavuaarissa ei onnistunut kaatimien koon takia muuten kuin suihkuttamalla vettä niihin bidee-suihkusta. Mitäpä olisivat vierailevat virkamiehet ym. silmäätekevät tuumanneet jos olisivat tienneet asiasta. Aivan ilmeisesti bideetä ei kuitenkaan käytetty kovinkaan ahkerasti sen alkuperäiseen tarkoitukseen. Toivottavasti.

Kahden kerroksen väkeä

Virastotalo oli jakaantunut kahteen isompaan virastoon, taloustoimisto sijaitsi alakerrassa ja kaupunginjohtaja ja hänen esikuntansa yläkerrassa. Elettiin siis kuin kahdenkerroksen väki, ihan konkreettisesti. Yläkerran virkamiehet kohtelivat alakerran virkamiehiä melkoisen alentuvasti, he

pitivät itseään jonkin sortin yli-ihmisinä talous-
toimiston väkeen verrattuna. Olipa joku joskus
ääneen sanonut, että pukeutumisesta huomaa
kuka on tätä vähän parempaa porukkaa. Eivät
taloustoimistolaiset omasta mielestään miten-
kään huonompia olleet, eivät ihmisinä eivätkä
pukeutumisen suhteen, mutta ero oli ja pysyi silti
sitkeänä kaikki vuodet. Mitään keskinäistä kans-
sakäymistä eri kerrosten välillä ei ollut, toki työ-
tehtävät hoidettiin jos ne sattuivat sivuamaan
raha-asioita, mutta muuten korkeintaan terveh-
dittiin kun käytävillä tavattiin. Tai osa tervehti,
kaikki yläkertalaiset eivät vaivautuneet.

Kerran taloustoimistossa ajateltiin pikkujoulua
suunniteltaessa kysyä yläkerran väeltä miltä heis-
tä tuntuisi jos kokoonnuttaisiin yhteiseen pikku-
jouluun, sillä yläkerrassa oli edes muutama mies
kun taas taloustoimiston väki koostui lähes pel-
kästään naisista. Pahaksi onneksi yläkerran väki
oli juuri sinä vuonna päättänyt olla pitämättä
pikkujoulua. Se siitä yhteistyöstä sillä kertaa,
toista kertaa ei viitsitty pilata heidän suunnitel-
miaan.

Rahanhimo

Taloustoimiston väki yritti innokkaasti saada lisää rahaa veikkaamalla. Viikosta toiseen kerättiin rahaa niin lottoon, Viking-lottoon kuin myöhemmin myös Eurojackpottiin ja yritettiin porukalla rikastua. Mitään suuria voittoja ei tietenkään koskaan tullut, mutta siitä ei lannistuttu vaan jatkettiin sinnikkäästi veikkaamista. Kerran kahvitunnilla keksittiin keino yrittää saada napattua Viking-loton päävoitto. Eräs viranhaltija oli poikkeuksellisen lahjakas kielissä, hän osasi suomen lisäksi täysin myös ruotsinkielen. Joku tiesi, että Viking-loton oikeat numerot arvotaan Oslossa.

Yleisesti oltiin sitä mieltä, että numeropallot jollain tavalla etukäteen käsitellään. Niin saatiin ajatus, että lähetetään omat veikatut numerot Norjan veikkaustoimistoon ja selitettiin, että täällä Suomessa olisi noin 40 hengen köyhä virkamiesporukka, joka jo vuosia on turhaan yrittänyt saada pienen palkkansa lisäksi vähän rahaa ja pyydettiin käsittelemään juuri ne numerot. Viesti lähetettiin varmuuden vuoksi myös Suomen ja

Ruotsin Veikkaustoimistoihin. Illalla kaikki sitten innolla istuivat kotona television ääreen seuraamaan arvontalähetystä. Jostain syystä sinä iltana ilmoitettiin, että Viking-loton arvontaa ei teknisistä syistä ole voitu suorittaa ja se on siirretty seuraavalle päivälle. Saattaa olla että viestillä oli vaikutusta asiaan, ei ole tarkempaa tietoa. Toista kertaa ei yritetty vaikuttaa kohtalon kulkuun kyseenalaisin keinoin, mutta ilman päävoittoa myös jäätiin.

Työyhteisö

Voisi kuvitella, että työyhteisössä aika ajoin kiehuu kun siellä istuu lähes parikymmentä melkein samanikäistä naista, mutta jostain ihmeen syystä taloustoimiston naiset eivät koskaan joutuneet mitenkään erityiseen sanaharkkaan keskenään, ei ainakaan sellaiseen, että siellä olisi tarvittu sovittelijaa. Tätä naisten muodostamaa työyhteisöä miettiessään Hanna ajatteli lähinnä sitä osaa taloustoimistosta, jossa hän itse aikaisemmin oli työskennellyt ja jossa hän edelleen vietti kahvitaukonsa mikäli teki mieli olla työpäivän mittaan edes jonkinlaisessa puhekontaktissa jonkun

kanssa. Aina silloin tällöin joku mielensä pahoitti
ja oli muutaman päivän kovasti tuohduksissaan
ja loisti poissaolollaan kahvitauoilta tai istui
muuten puhumattomana omasta mielestään
saamastaan huonosta kohtelusta. Kun kukaan ei
kiinnittänyt siihen mitään huomiota, niin ei siinä
auttanut muu kuin palata ruotuun ja lopettaa
mökötys. Muut laittoivat nämä mökötyskohta-
ukset ensin sen piikkiin, että nyt on se aika kuu-
kaudesta ja sitten myöhemmin vaihdevuosien
syyksi, melkein samanikäisiä kun olivat, niin sa-
maan aikaan olivat vaivatkin.

Oli porukassa tietenkin henkilöitä, joita piti osata
käsitellä silkkihansikkain ja toisaalta oli sellaisia,
jotka olivat niin kilttejä ihmisiä, että heille oli
luvallista kaikki. Ne, joita käsiteltiin silkkihansik-
kain, piti aina muistaa huomioida erikseen. Piti
kehua kuinka nätit vaatteet tällä oli ja kuinka
tämä oli hoikistunut tai kuinka kivasti hiukset oli
leikattu ja laitettu. Muiden uusia vaatteita, laih-
tumista tai kampaajalla käyntiä ei tietenkään no-
teerattu mitenkään. Kiltit sitä vastoin saivat
päästää suustaan vaikka minkälaisia sammakoita,
ei niihin kukaan sen kummemmin huomiota

kiinnittänyt, ne sivuutettiin olan kohautuksella ja kommentilla, että se nyt vain on tuollainen.

Hanna koki olevansa henkilö, johon suhtauduttiin hieman kriittisesti, missään tapauksessa hän ei ollut sellainen, jolle olisi sallittu päästää suustaan harkitsemattomia kommentteja. Saattoi hän siitä huolimatta niitä joskus ääneen sanoa, suorasukainen kun oli luonteeltaan. Ei Hanna kuulunut myöskään niihin, jota olisi silkkihansikkain käsitelty, ei todellakaan. Hän muistaa kuinka kerran kesälomalla päätti laihduttaa ja saikin pudotettua painostaan runsaat 5 kiloa eli noin10 prosenttia. Lomalta palasi samana päivänä myös eräs erityisen kiltti ihminen ja kahvitauolla kaikki herkesivät kehumaan kuinka valtavasti tämä toinen oli lomallaan laihtunut ja kuinka hyvältä hän nyt näytti. Ja selvisihän se, vajaan sadan kilon painosta oli pudonnut pysyvästi 3 kiloa, siis melkein kokonaista 3 prosenttia. Ei siis ihme, että oli varreltaan hoikistunut. Hannan 10 prosentin pudotusta kukaan ei noteerannut, mutta ei hän toisaalta työkaverien iloksi ollut edes laihduttanut.

Vakituisia miespuolisia virkailijoita ei taloustoi-
mistossa ollut ennen kuin viimeisinä vuosina,
mutta joitain sijaisia oli jo 80-luvulla. Erityisen
mieleenpainuva oli eräs Vesa, kirjanpitäjän sijai-
nen, joka oli luonteeltaan poikkeuksellisen haus-
ka ja huumorintajuinen. Taloustoimiston naiset
muistelivat vuosia myöhemmin kuinka Vesan
tapana oli aloittaa työpäivän pitämällä naisjou-
kolle aamunavaus. Hän muuntui kirjanpitäjästä
papiksi kiinnittämällä mustan poolopaidan kau-
lukseen klemmarilla valkoisen paperinpalan.
Aamunavaus ei monta minuuttia kestänyt eikä
näin ollen vienyt kallisarvoista työaikaa, mutta
kovasti se kaikkien mieltä piristi. Innolla aa-
munavausta aina odotettiin ja pohdittiin mikä
mahtaa olla kyseisen päivän sana.

Vesalla oli tapana myös soitella työkavereille ja
tekeytyä joksikin paikalliseksi merkkihenkilöksi
tai reportteriksi ja kysellä kaupungin talouteen
liittyvistä asioista. Tästä tavasta häntä täytyi kui-
tenkin pyytää luopumaan, sillä monesti kävi niin,
että puhelimeen vastaaja ei erottanut oliko ky-
seessä oikea henkilö vai pilailu. Eräälle toimitta-
jalle oli joku vastannut tämän tiedustellessa kau-

pungin talousarvion määrärahoista, että "älä narraa ja mitä sinä sillä tiedolla teet, kyllä minä tiedän kuka siellä on." Toimittaja oli sinnikkäästi yrittänyt saada selville kysymäänsä asiaa, mutta lopputulos oli ollut se, että hänelle oli lyöty luuri korvaan. Talousjohtaja ei ollut erityisen ilahtunut kuullessaan toimittajalta asiasta, ymmärrettävistä syistä.

Vesa oli vajaa kolmekymppinen poikamies ja oli parin vuoden sijaisuuden päättyessä sitä mieltä, että hänen ei ehkä tarvitse koskaan mennä naimisiin, sillä hän oli oppinut naisista ja perhe-elämästä taloustoimistossa ollessaan kaiken. Hän tiesi kaiken naiseuteen liittyvistä ongelmista ja sen mikä miehissä naisia ärsyttää, mikä on paras tapa kasvattaa lapsia jne. Vuosia myöhemmin Vesa kävi taloustoimistossa ja kertoi menneensä naimisiin, lapsiakin heille myöhemmin syntyi. Aivan varmasti joku sai Vesasta hyvän ja todella ymmärtäväisen aviomiehen

Kaikki loppuu aikanaan

Hannan ura kaupungin virkamiehenä alkoi lähestyä loppuaan. Viimeisinä vuosinaan hän näki muitakin isoja muutoksia organisaatiossa kuin kuntaliitoksen, sillä oli tullut jälleen aika keskittää toimintoja. Se mitä viimeksi 90-luvulla oli hajautettu, päätettiin taas keskittää, kun taloustoimistoon perustettiin palvelukeskus, jossa hoidettiin koko kaupungin kirjanpito, laskutus ja reskontranhoito. Samalla siirryttiin sähköiseen laskujen käsittelyyn. Konkreettisesti uudistukset eivät Hannan töitä koskeneet, hän oli siirtynyt 2000 luvun alussa taloustoimiston toiselle osastolle, mutta mielenkiinnolla hän kuitenkin seurasi asioiden uudelleen organisointia ja ihmetteli mielessään miten työtehtävät välillä hajautettiin ja sitten taas keskitettiin. Hänen uransa aikana näitä muutoksia puoleen ja toiseen oli ehtinyt tapahtua useamman kerran, sellaisessa 10 – 15 vuoden syklissä. Oli ilmeisesti vaikea päättää kumpi on parempi järjestelmä.

Sähköinen laskunkierto todettiin erittäin hyväksi, siis ne jotka sen ottivat käyttöön. Oli kuitenkin laitoksia, jotka viimeiseen asti vastustivat sitä eivätkä suostuneet siirtymään vanhasta käytännöstä uuteen. Puskaradion kautta taloustoimiston väen korviin tuli tieto miksi sähköistä laskunkiertoa vastustettiin. Asia oli nimittäin niin, että sähköisessä laskunkierrossa toimittajien laskut lähetetään yhteen pisteeseen, josta ne skannataan asianomaisille kiertoon, mutta vanhan mallin mukaan laskut menivät ensin laitokseen, jossa ne käsin tiliöitiin, hyväksyttiin ja kirjattiin ennen maksua.

Kaupungilla oli useiden toimittajien kanssa sovittuna alennuksia tavaroista ja palveluista, sillä se oli alueen liike-elämän suurin ostaja. Ihminen on perusluonteeltaan erittäin kekseliäs tyyppi ja huhun mukaan moni oli keksinyt hyödyntää kaupungin neuvottelemia alennuksia myös yksityishankinnoissa. Laskun saavuttua se otettiin maksuun menevistä pois ja hoidettiin itse maksuun, toivottavasti, mutta uusi sähköinen laskunkierto poisti tämän mahdollisuuden. Vastustus oli kova, mutta niin vain jokaisen oli ennemmin tai myöhemmin uudistukseen myönnyttävä, olkoonkin, että omat rakennus- ym. hankkeet jatkossa tulivat kalliimmaksi.

Tyytyväisin Hanna oli uudistuksesta, joka ei ehtinyt päätöksentekoa pidemmälle. Oli nimittäin tultu siihen tulokseen, että koko kaupungin kaikki hallinnollinen työ on syytä keskittää ja esim. kaikki taloushallintoa koskevien asioiden parissa työskentelevät päätettiin siirtää taloustoimiston palvelukseen. Hanna oli jo vuosia aina tilaisuuden tullen tuonut julki mielipiteensä siitä, että hallintokuntien talousihmiset eivät olleet tehtäviensä tasalla ja että heitä oli suhteettoman paljon siihen nähden mitä he saivat aikaan. Päätös henkilöiden ja töiden keskittämisestä tehtiin, mutta toteutus oli vielä kesken sinä päivänä kun Hanna viimeisen kerran sulki taloustoimiston oven kaupungin virkamiehenä ja siirtyi yli 40 vuotta kaupunkia palveltuaan viettämään ainakin omasta mielestään hyvin ansaittuja eläkepäiviä. Lähtökahvit oli juotu ja kiitokseksi 40 vuoden palveluksesta saatu ylimääräinen viikon loma ja lahjakortti työkavereilta.

Ehkä 40 vuoden palvelu samalla työnantajalla
herätti joissain myös ihmetystä.

Hannan toivomuksesta ei lähtiäisissä kiitospu-
heita pidetty, kiitoksille oli ollut yli 40 vuotta
aikaa, turha häntä olisi viimeisenä päivänä kehua.
Hän oli viimeiset lähes 15 vuotta kokenut ole-
vansa vääränlainen ihminen väärässä paikassa,
olisi ollut suorastaan irvokasta kuunnella jotain
imelää jäähyväispuhetta. Oman puheensa Hanna
oli valmistellut etukäteen. Puheessaan hän ke-
hotti taloustoimiston väkeä muistamaan aina,
että olipa kyseessä johtaja, päällikkö tai tavallinen
rivityöntekijä, kaikki olivat ihmisinä tasavertaisia,
ei ole olemassa oikean tai vääränlaisia ihmisiä.
Eriarvoisuus työpaikalla on huomioitu palkassa,

kenenkään ei pidä käytöksellään osoittaa ylemmyyttään. Hän halusi myös muistuttaa, että tervehtiminen ei maksa mitään ja saa vastapuolen hyvälle tuulelle. Tervehtiminen on tapa, joka jokaiselle pitäisi opettaa jo kotona, mutta yllättävän monelta tuo oppi on jäänyt saamatta, valitettavasti.

Puhe jäi kuitenkin pitämättä, jostain syystä Hannalle tuli tunne, että ehkä oli parempi olla sanomatta mitään.

Mielenkiintoista olisi seurata kaupungin tulevaa kehitystä kotisohvalla lehtien palstoilta tai ulkomailla internetin välityksellä. Suuresti epäillen Hanna suhtautuu viimeisimpään uudistukseen, joka kunnille on tulossa. Sote-uudistus ja verotuksen painopisteen siirto valtionverotukseen vie kunnat niin ahtaalle, että tulevaisuudessa ne näivettyvät. Valtio tulee varmasti pitämään huolen siitä, että Soten kustannukset eivät ylitä kunnilta pois otettavia verotuloja. Ainoaksi keinoksi jää kunnallisveron nostaminen ja se taas tietää kansalaisille käteen jäävän tulon vähentymistä. On aivan järjetöntä rakentaa organisaatioita organi-

saation päälle ja palkata hallintoon yhä lisää po-
rukkaa. Kaiken maailman hallintohimmeleitä on
tässä maassa jo niin paljon, että mieluummin
pitäisi purkaa vanhoja organisaatioita kuin suun-
nitella uusia. Esim. kaiken maailman kuntayhty-
mät, joita on perustettu hoitamaan kunnille kuu-
luvia tehtäviä. Mitä useammassa kuntayhtymässä
kunta joutuu olemaan osallisena, sitä varmempi
voi olla, että rahat menevät pääasiassa niiden
hallinnon ylläpitoon. Mikä olisikaan helpompaa
kuin elää kuin pellossa ja laskuttaa menot vain
muilta. Sitä on kuntayhtymien taloudenpito. Ne
jakavat kustannukset omistajakunnille ja valvon-
ta on poliitikkojen käsissä, useimmiten sellaisten,
joilla ei ole asiasta mitään tietoa, mutta politiikka
on pätevöittänyt heidät niitäkin asioita hoita-
maan.

On se politiikka ihmeellistä, ehkä olisi kannatta-
nut valita toisin. Ties minkä laitoksen pääjohta-
jan pallilta Hanna olisi eläkkeelle jäänyt jos olisi
aikoinaan ymmärtänyt hankkia jäsenkirjan ja
lähteä ajamaan omia ja läheistensä etuja politii-
kan saralla. Poliitikoista yleensä ei-toivotut hen-
kilöt siirretään jonkin laitoksen pääjohtajiksi kun

heitä ei haluta pilaamaan päivänpolitiikkaa. Hanna on varma, että hän olisi kuulunut tähän ei-toivottujen ryhmään, koska hän liian kärkkäästi arvosteli tehtyjä päätöksiä. Urallaan hän olisi päässyt etenemään paremmin jos olisi sopeutunut kunnan virkamiehen muottiin. Olisi pitänyt olla sopivan lojaali ylemmilleen, ei olisi saanut arvostella tehtyjä päätöksiä ja aina sopivan tilaisuuden tullen olisi pitänyt valittaa kovaa kiirettä. Sellainen on kunnon kunnallinen virkamies.

Kaiken kaikkiaan Hanna on kuitenkin tyytyväinen kuluneisiin yli 40 vuoteen. Koskaan ei ollut tarvinnut pelätä irtisanomista ja palkka, joskin yksityiseen sektoriin verrattuna melko pieni, oli säännöllisesti tullut pankkitilille. Turvallisuudesta on oltava valmis maksamaan, on hänen mielipiteensä. Pienemmän palkan oli osittain korvannut loma, jota oli vuosittain ollut ruhtinaalliset 38 työpäivää eli 7,5 viikkoa. Töitä hän tunsi tehneensä koko palkkansa edestä eikä hän yhdy käsitykseen, että kaikki yhteiskunnan työntekijät ovat vain tekevinään työtä ja saavinaan palkkaa. Kyllä niitä töitä joka hallinnon sektorilla on ja jonkun ne pitää tehdä. Niitä ylimääräisiä vain oli joillain paikoilla liikaa. Kun oli tullut palkattua epäpäteviä henkilöitä, joista ei päässyt eroon tai ei haluttu päästä kun kyseinen henkilö oli joko läheinen sukulainen tai puoluetoveri tai vain hyvä ystävä. Eipä tule Hannalle mieleen tapausta yli 40 vuoden ajalta, että joku olisi irtisanottu epäpätevyyden vuoksi vaikka hän voisi muutaman tällaisen nimen kertoa. Parempi kuitenkin oli olla jälleen kerran hiljaa.

Tulevaisuutta ajatellessaan Hanna oli tullut siihen tulokseen, että eläkkeet ovat Suomessa liian pienet suhteessa kustannuksiin ja eläkeläisten verotus kohtuuttoman ankaraa. Tuntuu kohtuuttomalta, että eläke on yli 1000 euroa pienempi kuin palkka, mutta sitä verotetaan ankarammin kuin palkkaa. Tästä syystä hän on päättänyt viettää osan vuodesta ulkomailla, mahdollisesti jopa muuttaa pysyvästi pois. Näitä vaihtoehtoja pohtiessaan hän oli tosin törmännyt aika ikävään yksityiskohtaan verotuksessa. Julkisen sektorin eläkkeistä verot pitää aina maksaa Suomeen, huolimatta siitä että muuttaa pysyvästi matalamman verotuksen maahan. Yksityissektorin eläkkeitä verotetaan eri tavalla. Millä perusteella sekin laki on säädetty? Eivät siis ole kansalaiset tasavertaisia siinäkään asiassa. Nykyinen hallitus on tosin tämän epäkohdan huomannut ja päättänyt verottaa kaikkia kansalaisiaan tasapuolisesti vaikka asuisivat ulkomailla.

Ei siis pääse jatkossa enää kukaan veropakolaiseksi. Tai kyllä ne herrat varmaan jonkun porsaanreiän keksivät.